NADAR

LARGO RECORRIDO, 196

Marianne Apostolides
NADAR

TRADUCCIÓN DE SILVIA MORENO PARRADO

EDITORIAL PERIFÉRICA

PRIMERA EDICIÓN: febrero de 2024
TÍTULO ORIGINAL: *Swim*

© Marianne Apostolides, 2009
Publicada originalmente en Book*hug Press
Esta edición es fruto de un acuerdo
con Ilustrata Agency, Barcelona
© de la traducción, Silvia Moreno Parrado, 2024
© de esta edición, Editorial Periférica, 2024. Cáceres
info@editorialperiferica.com
www.editorialperiferica.com

ISBN: 978-84-10171-01-5
DEPÓSITO LEGAL: CC-19-2024
IMPRESIÓN: Kadmos
IMPRESO EN ESPAÑA — PRINTED IN SPAIN

A mi madre,
Frances Apostolides

PRELUDIO

Aquiles se quita la camisa. Melina, ruborizada, evita cruzar la mirada con él. Se aleja hacia una tumbona encajonada junto a un recodo del arroyo; la toalla se le escurre al pisar las lamas de plástico. Coge su libro. Cerca, en la parte menos profunda de la piscina natural, las manos de Kat flotan, se acarician los muslos justo cuando Aquiles lanza la camisa a la silla del socorrista. De camino a la cascada, una mariposa pasa inadvertidamente rozándole el hombro. Kat oye el estrépito del agua, se sumerge en su fragor y luego, con la misma rapidez, pierde la sintonía con todo aquello y se dice que debería empezar. Suelta el aire al tiempo que piensa las palabras, inconsciente de que ha estado conteniendo la respiración.

Venga, tengo que empezar ya.

Agachado a la orilla de la piscina, enfrente de Kat, Aquiles recoge un poco de agua con la palma de la mano. Se vierte el líquido por el pelo, por el cuello, y aprovecha para masajeárselo palpándose los músculos, tensos. Huele el aroma familiar que despide el agua en contacto con su piel; inspira más hondo y Melina se frota los labios. Está leyendo un libro de poemas mientras le escribe una carta a su padre. Empieza describiendo la estatua de una diosa que ha visto en el museo de Atenas. Nunca llegará a poner esos pensamientos por escrito; se quedarán ahí, perfectos, sin salir de su cabeza.

Echa de menos a su padre.

Kat se vuelve hacia unas montañas que se elevan más escarpadas de lo que había imaginado cuando pensaba en este lugar, algo que no hacía muy a menudo. Su padre hablaba muy poco de su infancia. De hecho, a Kat no le contó casi nada de su pasado: era mucho más habitual que hicieran cosas juntos, advierte ahora, ajustando la posición, recomponiéndose para prepararse, mientras él, el hombre, la imita levantándose y tomando impulso. Él es, piensa Kat, un flujo turgente, un vaivén, sumergido en esta piscina en la que, como ella, bracea. El cuerpo de Kat, acuciado por la súbita necesidad de nadar.

Y nada.

LARGOS 1 A 13

Nada como le enseñaron – braceas tres veces, respiras una – tres brazadas con la cabeza dentro del agua e inspira a la cuarta. Nada. Siente pasar el líquido a lo largo de todo su cuerpo – su torso, suave, expuesto a las entrañas de la piscina. Respira con los labios abiertos. Esta agua, piensa, tiene una espesura inusual – se resiste a su cuerpo, que nada esforzándose, actuando sobre el líquido que la sostiene – sujetándola – al tiempo que la frena. Nada – se mueve – y el agua responde formando riendas / cuerdas en torno a su pecho. No había percibido su sustancia / dinámica hasta ahora – mientras nada – empeñada en este necesario desafío.

Reflexiona sobre la causa.

Respira a la cuarta, con los labios abiertos – su movimiento en un medio que le opone resistencia – sus brazadas en esta piscina, el lugar donde nació él. Nada en el líquido, viscoso, bracea en pos de una constatación – en un medio extraño – percibe, ahora sabe: las aguas que alimentan esta piscina son «curativas».

Éste es el motivo – un sistema de arroyos que manan en hilillos / a borbotones bajo tierra – dentro de las montañas – lamiendo el corazón mineral de la tierra. La roca desprende su sustancia, la disuelve en el agua, que la absorbe, muta su interior mientras – separadas – se deslizan una sobre otra, se mueven, intercambian sus elementos. Él nunca dijo que fueran curativas, piensa. Kat lo leyó en un libro; lo nota en la piel; lo ve con sus propios ojos, abiertos, que no le pican.

Kat nada.

Ahora sabe – su conocimiento entregado a lo físico / la consciencia, adquiridos con el movimiento – ya lo sabe: esta inmersión nunca la curará. Menos aún después de todo lo que ha hecho / deshecho los dos últimos años. Tendría que tragarse toda la puñetera piscina.

Nada – lo deja atrás / a él, cuyo cuerpo desplaza el agua mediante la fuerza – sus brazadas – contra ella, que nada como desafío / empeño – se ha ido.

Perdone…, susurró ella. En aquel momento, estaba sentada en el suelo de baldosas azules – aquel pasillo al fondo de la biblioteca – subterráneo, entre las estanterías.

Perdone, estoy en medio… Es que…

Con el lápiz entre los labios, las piernas cruzadas, los libros esparcidos alrededor – leyendo algo teórico, expansivo / en expansión – es que estoy…

Barthes se entregó a la escritura interpretativa igual que otros se entregan a la música, con la sensación de estar yendo contra natura, contra el lenguaje natural, que para él era falso u ocultaba lo engañoso de lo no dicho. Con ello hizo más suyas las leyes (ultralingüísticas o infralingüísticas), unas leyes que consideraba indispensables para la condición humana, unas normas lingüísticas que transmitían no solamente las leyes del significado, sino también el cuerpo que subyace en el significado.

Kat fue consciente de que se estaba fundiendo con las palabras – consciente gracias a él, que, al moverse, la sacó de su ensimismamiento.

No pasa nada, dijo él. Estoy justo donde quería estar…

«que transmitían no solamente»

…, pero tú tendrías que estar dos pasillos más allá.

Ella alzó la mirada, brusca.

El trabajo es para la semana que viene.

Kat sonrió al ver que él daba por sentado – que suponía (ya) su derecho a mandar |1|. Hola, profesor, dijo.

Se acerca a la pared – el límite, definido – y cuenta, inconsciente, el número de largos, mientras recuerda escenas de otro lugar / interiores. Recuerda: él no respondió, pero fue rozando los lomos – parándose, continuando – hasta que llegó al libro que quería. Sacó el objeto de su secuencia, con suavidad; ella oyó un crujido – la encuadernación que cedía y se abría a la lectura. Nada, absorbe aire – rápido – con una respiración y unas palabras cadenciosas: «Este espejismo del cuerpo siempre planeó en el horizonte teórico de Barthes, como un secreto que no era aparente, sino audible, significable...».

Nos vemos en clase, dijo él.

«su viaje por las leyes del lenguaje y la escritura. Así pues, descifrar»

Sí, respondió ella – impertinente – allí me verá.

Él se detuvo al oírla – esa provocación furtiva – y le sonrió, sonrió a su alumna – que estaba sentada en el suelo, con un libro abierto.

Respira a la cuarta – como le enseñaron – y tres brazadas con la cabeza dentro y una fuera – con los ojos abiertos bajo el agua, y nada. Piensa. Lo miró marcharse entre las estanterías, libro en mano, un pedacito de papel (blanco) en un bolsillo trasero de los vaqueros. Cerró el libro y se quedó sentada, sola, en el pasillo – el suelo, azul y fresco – aquellos muros de libros que se alzaban /

expandían, diríase que aún por escalar. Notó el espacio que la rodeaba – la dimensión definida por la ausencia de él.

Ausencia, piensa – *ab / esse*, «lejos» más «estar» – estar lejos – qué fácil parece, sólo que, se pregunta – quién está lejos y de qué. Kat nada dentro de esa palabra – *ausencia* – y el volumen se origina / erupciona desde ese punto preciso. El hombre pasa nadando a su lado.

Él se marchó de aquel espacio, piensa – el pasillo en el que ella seguía, rodeada de libros – las palabras contenidas / sujetas – «el espejismo del cuerpo» – abandonó físicamente el espacio que habían compartido mientras él – el otro, en casa, en la cama – estaba presente en cuerpo pero ausente – *estar / lejos* – del yo. Aquella ausencia no tenía frontera / límite – contenida sólo dentro de sí misma – protegida del físico / del tacto de ella – distinto / otro – de ella, que podría haberlo devuelto a él – lejos – a su punto de partida.

Aquella noche, con él – en la biblioteca, impertinente – la ausencia fue distinta. La *ausencia* de entonces fue flujo / intercambio – un eflorecer – un querer próximo al deseo. Cree que esa carencia – su necesidad – llevaba años sin sentirla, desde que nació su hija. Hasta aquella noche, pensó que nunca volvería a sentirla; en su papel, maternal, casi había aceptado su desaparición |2|.

Nada trazando un arco que la lleva hacia otro largo – el tercero – y se da cuenta, ahora, de que necesita un límite – un fin – una vía para seguir avanzando. Sin objetivo – definido – estará simplemente nadando – trazando / volviendo a trazar, atrás y adelante – recordando cuando, en realidad, debe tomar una decisión.

«Así pues, descifrar»

Nada a través de la viscosidad – un medio que se le resiste – del líquido, que nota espeso entre los dientes, en el interior de la boca – nada y sabe lo que debe hacer: nadará treinta y nueve largos – uno por cada año de su vida – y, moviéndose por el agua, algo inusual, llegará a una conclusión.

Bracea, determinada.

Respira, indecisa.

El punto final no es suficiente. Necesita un proceso – una forma de avanzar hacia / llegar a – tomar – su resolución mediante un procedimiento racional. Científico, considera. Si puede discernir el momento en que se acabó su matrimonio – alguna escena (contenida) – un punto (definido) del *fin* – sabrá qué decisión tomar. Sabrá que debe dejar aquello que ya no existe – marcharse sin romper el vínculo, ya muerto / agotado, de intercambio líquido. Ése será su proceso.

Nada buscando el *fin*.

Esta imagen nos permite figurar el deseo como lugar de empalme del campo de la demanda, donde se presentifican los síncopes del inconsciente, con la realidad sexual. Todo esto depende de una línea que llamaremos línea de deseo, ligada a la demanda, y con la cual se presentifica en la experiencia la incidencia sexual.
¿Cuál es el deseo en cuestión?

Le citó el texto leyéndoselo en su pasillo – un canal – el lugar en el que se habían conocido (segundo curso), como por casualidad.

Así, dijo, si tomamos el *ocho interior* de Lacan y lo situamos en el contexto del lenguaje / la literatura – la construcción narrativa del significado – qué es esto –

Qué, dijo él, es lo que quieres saber aquí. Qué es lo que te impide comprenderlo. Él tenía las piernas cruzadas – los brazos en las rodillas – las manos colgando despreocupadamente en el aire, capaz de mantener el equilibrio a la perfección en esa postura.

No entiendo cómo... si...

Quieres saber qué es qué – definirlo – anclarlo en su lugar: poner nombre al sistema, describir su funcionamiento, como si el *conocimiento* pudiera estabilizarlo todo. Para ti, dijo él, el conocimiento implica seguridad, estabilidad, asirse a un final: ¡comprender!

Él cerró el puño, los dedos encogidos, las yemas hundidas, invisibles.

No es eso, susurró ella.

Estás cerca y es *frustrante*, dijo él. Quiero darte un empujón para meterte o sacarte de –

«Esta imagen nos permite»

Sacarme de dónde...

¿Sacarte de dónde? De esa convicción – esa *insistencia* – de que puedes afianzar las cosas – volverlas estables. No existe lo estable sino en el movimiento, dijo él, en la revolución constante de las relaciones de deseo. No existe lo sólido – no hay objeto ni fin, una entidad definida. Sólo existe, dijo, la rotación, la revolución, el movimiento.

Aflojó el puño, como desdeñoso / asqueado.

Entonces, preguntó ella, ¿cómo *crear* en la revolución constante?

¿Cómo podemos buscar y sentir la necesidad / el deseo – la urgencia de los apetitos, nuestra necesidad de destrucción – y, aun así, piensa, seguir creando un espacio para la ternura |3|?

¿Cómo podemos cuidar en un espacio de deseo?

Se detuvo.

Respira aguardando una respuesta.

Kat nada.

Estaba pensando en su hija – de trece años – una niña (todavía), incapaz aún de seguir a su cuerpo – sangrante – hacia la seducción. ¿Cómo puedo...?, dijo.

Él le tocó el brazo y abrió el libro. Ése era – entonces – el único contacto que se permitían – una mano sobre el brazo en aquel pasillo, como sin querer.

Ella escribe:

El deseo de un sujeto que lo liga al significante obtiene a través de ese significante un objetivo, un valor extraindividual, vacío en sí mismo, distinto, sin, a pesar de ello, dejar (como sí ocurre en la ciencia) de ser el deseo de un sujeto. Esto ocurre sólo en la literatura. La escritura es precisamente ese *movimiento espontáneo* que transforma la formulación del deseo de significante en ley objetiva, pues el sujeto de la escritura, específico como ningún otro, es *en sí* y *para sí*, el lugar mismo no de división, sino, al superarla, de movimiento.

Y la autora continúa, dijo él.

Sí, ya lo sé.

Ella habló y vio la piel de él – un círculo – un atisbo limitado por un desgarrón de sus pantalones vaqueros – un agujero que no era el fruto de un momento / de un golpe, sino del paso del tiempo – deteriorado, desgastado, el hilo blanco raído. Miró y sintió ese límite – allí – el espacio intermedio y la urgencia por moverse dentro de él: no cruzarlo, piensa. No quería la otra parte, sino el deslizarse-someterse al límite, esa dimensión del interior.

Nada en el agua – los brazos que hienden, las burbujas que se elevan – minerales contenidos / dentro. Ahora nota que él se acerca. Es una ola, un torbellino bajo el cuerpo de ella – el agua al pasar de él a ella en esta piscina, contenida.

Ella habló, suave – escarmentada – dijo que no quería definir las cosas en términos de inmovilidad.

Él hizo una pausa.

Y qué es lo que quieres, dijo.

Ella respira.

A ti, respondió, a ti seguro que se te ocurre algo mejor que hacer esas preguntas...

Él ladeó la cabeza riendo. Sí... demasiado directo...

No elíptico...

¿En qué estaba yo pensando?

Kat nada.

Estoy pensando, dijo ella aquietando la risa, estoy pensando que quiero ese movimiento.

Y cree ella que ésta es su conclusión. Pronunció esa palabra – *quiero* – y, con esa acción / verbalización, dijo: *fin*.

Nada. En conclusión – su matrimonio se ha acabado – y aún le quedan treinta y cinco largos por hacer. Todavía no tiene agujetas.

Bracea observando el esfuerzo de sus brazos, que la impulsan hacia adelante – desplazan el agua – la empujan hacia el borde, su fin, el lugar donde él nació. Nada observando – recurriendo a la lógica – que los griegos, por medio del lenguaje, delimitan esa extremidad de un modo distinto: el *brazo* se extiende desde los dedos hasta el hombro – no se interrumpe en la muñeca, lo que privilegia la mano, que toma / sostiene – trae / acerca – toca |4|. Nada – arqueando los brazos – sintiendo su cuerpo nombrado de otras formas. Percibe su extremidad – más larga, extendiéndose – y nota el agua rastrillada entre los dedos – un espacio creado, los canales intermedios – por donde fluye el líquido – apresurado – a causa de su palma – una pala – una almohadilla de músculos cuyas líneas supuestamente predicen el futuro. Donde él mordió una vez, piensa, tan hambriento – como si el cuerpo de ella fuera su alimento, inagotable. Lo miró – con los ojos cerrados, de rodillas – él ante el cuerpo desnudo de ella (erguido): lo miró comer.

El lenguaje, dijo él, es lógico (segundo curso: Teoría de la Literatura en la Sociedad Contemporánea) hasta ser sublime.

Sublime, repitió ella paladeando la palabra, sus propiedades orales – *sublime* – aunque no entendía aún el significado. Sublime / subliminal / sublimar: *limen* es umbral en *subliminal* – inferior / por debajo de la percepción consciente – es transformación (directa) de lo sólido en lo gaseoso en *sublimar* – sin pasar por lo líquido – es lo elevado / sin igual en *sublime*.

Sublime, repitió ella – ignorante – aunque ahora ya sabe.

Nada viendo sus brazos moverse por el agua – su ángulo / dimensión – el vello, fino, del que se elevan burbujas – aire delimitado por el líquido – orbes que suben hacia la superficie, donde se romperán. Él se está acercando. Ella nota el cambio en el agua – el empuje del líquido bajo su torso, un desplazamiento.

Él se ha ido.

Ella nada, sublime, lo sabe: su mano se ha colado por debajo del umbral deslizándose como por encima de la carne del lenguaje – un cuerpo contorneado que se ofrece al tacto – a la palma que se desliza mientras los dedos empujan, sin quebrantar la superficie ni hender el límite, sino causando ese cambio de estado – de lo inferior hacia la elevación – ese replegarse / ese desdoblarse / esa inversión del umbral.

Lo sabe, cree: no era su única alumna. Él también se había alimentado en otro lugar / otra persona.

Avanza – con los brazos extendidos – golpeando la piel con el agua – su sonido es tacto – bracea y piensa: no es el fin. Aquella escena en la biblioteca no es el momento concreto. No abrazó el *fin* con los labios – no así – no deseando un cuerpo / una historia / un hombre. No piensa permitir esa conclusión, cederle a él el control – ese hombre – ese poder de definir / determinar el *fin*: no. Había removido la tierra – rastrillado la suciedad – antes de pronunciar esas palabras. Sus manos habían escarbado la humedad / la basura – núcleo aromático y pútrido – el cuerpo de su decisión: había hundido en él los dedos. Ella sola había preparado la tierra. Se la había comido.

Poética Contemporánea en América del Norte – primer curso – su concesión.

La elección de esa asignatura era extraña – ilógica – sobre todo porque siempre había escrito / pensado en prosa. Sin embargo, ese concepto – poesía – la fascinaba, la cautivaba sin entender el origen – la atracción que ejercía sobre ella – ese movimiento / esa acción – su intuición (desconocida) de que su escritura necesitaba menos / deseaba secretos. La promesa de que allí los encontraría |5|.

«La lengua del bosque», empezó ella.

Él cuestionó su elección y la calificó de poco práctica.

«La lengua del bosque.»

Ella sostenía el libro – delgado – en las manos, con el cuerpo ovillado en el sofá, frotándose los pies – uno con / contra el otro, estimulándose mutuamente. Leyó:

Se encontraron sobre el libro carmesí.

Hemos cantado, dijo él, una hora terminada. Tan imposible como el blanco es arena.

El color prescribe ciertas entradas tanto después como después de un retroceso.

Kat movió la cabeza, sin entender. «El color prescribe…»
Él estaba sentado, despatarrado, con la vista fija en el ordenador; ella veía las palabras – su reflejo, digitalizado – en los cristales de sus gafas. Él movía los labios / musitaba; ella volvió a pulsar la tecla de retorno, obstinada.

No he de entenderte como deseas, dijo él, pues entonces seríamos de un solo cuerpo. De ser un solo cuerpo, no podríamos encontrarnos.

Ninguna sílaba buscaba su reflejo en este bosque, estos dobles compañeros

hasta que todos los intentos de habla parecieron nubes.

Dedos entrelazados dentro de lo que habían presenciado

empapado el leve gris lavanda que tiñe toda la luz, las yemas ligeramente abiertas de la magnolia.

Kat apartó la atención de lo escrito / la página; alzó la vista para buscar las palabras / para ensoñar / imaginar su significado.

Las yemas ligeramente abiertas, articuló.

¡Joder!, dijo él, y le dio un golpe a la pantalla: pum. ¡Joder!

Ella estiró las piernas – bracea, lo deja atrás – se puso de pie y desentumeció los músculos. Se mueve trazando un arco. Dijo, amable, que iba a ver cómo estaba la niña.

¿Qué?, ladró él. Me da igual – vale.

Kat subió las escaleras, delicada, con un dedo metido entre las páginas del libro. No quería molestarlo en esos momentos – a él, que trabajaba con plazos – vencidos – promesas irrealizables, hechas al comienzo, su confianza crecida – tumescente – deshinchándose después a causa de problemas imprevistos.

Tus becas no dan para la hipoteca, dijo él con suficiencia.

«El color prescribe ciertas entradas tanto después como después»

Entró en la habitación de su hija; la luz, de un azul tenue; las cortinas, corridas; miró a la niña – la chiquilla, de doce años – dormida.

Estaba acurrucada en la cama con una mano sobre la almohada, junto a la mejilla; el pulgar, rozándole los labios, gruesos, despreocupados – sin sonreír / hablar / contener (retener) – relajados durante el sueño, en el que los pensamientos no se entregan a las palabras. Aquella noche acarició el pelo de su hija y notó la calidez – lo potente / lo posible de un niño que duerme.

«Pues entonces seríamos de un solo cuerpo»

Recuerda que ambas habían empezado las clases el mismo día. Iban sentadas en el tranvía una al lado de la otra – emocionadas las dos – con los nervios bullendo de entusiasmo, el primer día de clase. Aquella primavera su hija había hecho una prueba – teatro – para una escuela orientada a las artes, animada por su padre, que había emergido de su letargo para proponerle diversas opciones – expansión / arte – un futuro que a él se le había negado, según dijo, de opciones eliminadas – *limen* / umbral – excluidas de la posibilidad |6|. El horizonte de él, piensa Kat, estaba cada vez más cerca – se iba cerrando en torno a sus músculos / carne. *Horizonte*, de *horos*, «límite», y *horizein*, «limitar» – un círculo que limita, que aprisiona. Horizonte – el de ella, en expansión – comienzo de las clases – primer curso: poesía / conceptos / presunta fascinación – su decisión, tomada, espontánea – después – el momento perfecto para retomar los estudios, dijo. Ahora podría seguir escribiendo, respaldada por la teoría – avanzando más allá de la dócil interacción de la familia – una interacción que estaba cuajándose entonces / ya, aunque ella no lo supiera entonces – aquella noche – mientras acariciaba la mejilla de su hija.

Kat nada.

En aquella caricia, piensa, vio un cambio: no a su hija de adolescente – atolondrada / impetuosa, yendo a clase, con los pechos ya despuntando, sus frases bien ensayadas – sino más bien, piensa, a su hija como la niña que fue – en el pasado – cuando era un bebé, dependencia absoluta.

«De ser un solo cuerpo, no podríamos encontrarnos»

Un bebé que por sensación entendía – llenarse – incorporar estímulos a su cuerpo; por sonido y luz, líquido / succión. Succionaba, bebía ese fluido viscoso, alimentada por el seno – unos dedos flotando, hipnóticos en su movimiento por el aire, sobre el pecho de ella, acariciando – flotando – el seno descubierto para dar la leche – su marido observando, fascinado – irrelevante – contemplándolas con asombro.

«No he de entenderte como deseas»

Levantó la mano y acarició otra vez – siguiendo el hilo de su vida, ese calor, bracea – y en ese movimiento / ese instante, el tiempo dio un salto adelante – abrupto – y vio a su hija distinta / ajena – mujer: los pómulos, contorneados, y las pestañas, rizadas; la sonrisa, que hablaba, consciente de hablar; la mirada y el mirar. El saborear. Vio, eso piensa, a la mujer que – en apariencia – sería en el futuro; a la mujer que – invisible / en el interior – constituiría / concentraría la apariencia esperada.

Su marido maldecía a gritos en el piso de abajo.

Kat se instaló en el antiguo sillón – mecedora – sentada donde a menudo le leía en voz alta a su hija. Sintió el fluir bajo su peso, el ritmo familiar / conocido del deslizarse, el arrullo del *chis*.

Chis, decía ella… *Chis*, mientras la niña yacía en la cuna – llorando – con miedo a dormir o, mejor dicho, con miedo a adentrarse en el sueño – a alejarse de la luz y del tacto y de la madre. *Chis*, decía ella, y luego le leía un cuento – y las palabras – pronunciadas, tranquilizadoras – no formaban una sucesión lógica – diferenciadas, definidas – sino sonidos cargados de intención – ofreciendo amor / maternal directamente al cuerpo. Se deslizó allí – la niña, doce años; primer curso – y leyó en voz alta.

«La torre»

La flor siempre está contenida en la almendra.

La torre es perfectamente redonda, de piedra oscura; sólo recibe luz a través de una angosta ventana.

En su interior, la niña sueña que es una yema, oculta por una profusión de briznas.

Constantina, aún aprisionada, semilla replegada. |7|

¿La torre es la semilla que aprisiona o la semilla es la sala de estar de la mente?

La llevaron a la torre contra su voluntad.

Siguiendo un color que no está en el espectro, un señuelo.

Para que haya color, le dijeron mientras ensartaban un escarabajo en un amuleto que ahora lleva en el cuello, algo debe absorberse.

Un color es la ausencia de todos los demás.

En aquel momento, todas sus moradas posibles desaparecieron de la vista.

Una ausencia es el amante que desplaza el espectro.

Hecha un ovillo, finge dormir y sueña con su vida anterior, en la que había cosas por lograr.

Y, mientras leía, lamió (amorosa) su sentido; con la lengua moldeaba las palabras y las colmaba de significado.

«En su interior, la niña sueña que es la yema»

En su interior, la niña – aquella noche bajó flotando las escaleras: tienes que oír –

«oculta por una profusión de briznas.»

Él levantó un dedo sin dejar de mirar la pantalla hasta que, por fin, piensa ella, alzó los ojos.

Qué, dijo: qué…

Ella tomó aire y leyó aquellos versos: como un señuelo de almendra en nubes de magnolia, leyó.

Él hizo una pausa.

Entornó los ojos y preguntó: ¿qué quieres, un aplauso?

No – es que…

Sí – ¿es que qué? Habló corrosivo / ácido: ¿es que qué?

Es que me ha parecido…

Qué.

Es que me ha parecido… Piensa: es que me ha parecido bonito.

Y ése, concluye, es el momento que ella está buscando: no el *quiero* verbalizado, sino lo no dicho en toda su belleza.

Es el *fin*.

Él ya no está, se ha ido.

Escucha, dijo él. En el vacío creado – ese espacio vaciado en el que podrían haber compartido esa *belleza* – vertió el fango de su código. La voz de él, piensa ella, decía letras y números – símbolos / puntuación – que formaban la lógica del *lenguaje* digital, maquinado, un *lenguaje* con una lengua amputada – no pronunciado sino tecleado, no originado en cuerdas y músculos, sino en pulsaciones / golpes.

Este código, dijo él, lograría simular – escupió – una pelota azul rebotando por la página web de un banco.

¡Escucha!

Tenía los músculos de la mandíbula y el cuello en tensión – limitados por el horizonte / opciones eliminadas. *¡Escucha!* Enumeró los símbolos – el código – mientras una mueca de acusación le crispaba el rostro, su aletargamiento convertido en enfado – vomitivo – y luego, piensa ella, volvió de golpe (joder) al letargo.

«Hecha un ovillo, finge dormir y sueña con su vida anterior»

Las palabras de la poeta se habían dispersado; Kat tenía la boca seca – el líquido succionado, absorbido por su cuerpo. Lo siento, dijo con los dientes hundidos en los labios: Lo siento – no quería que esto… No tenía que ser…

Qué.

Kat nada. Los dedos, mojados.

No quería hacerte daño…

Bracea, indecisa de pronto sobre su proceso – su búsqueda científica. Nota su incertidumbre – una presencia que acecha – una duda que se diluiría si se enfrentara a ella directamente |8|. Lo único que puede hacer en este momento – en este punto de su progresión – es constatar su existencia y proseguir describiendo un arco a lo largo de su gravedad / su atracción.

Lo siento.

¿Se ha acabado?

Kat nada. Quiere, de nuevo, que el hombre la adelante. Intenta sentir su movimiento – el ritmo de los dos – su ciclo mutuo de interacción. Calcula: sus cuerpos se cruzan en distintos puntos a lo largo de la piscina – su longitud – y eso, claro está, es lógico: la fuerza con la que él bracea lo impulsa a través de este medio / esta agua a tal o cual distancia en tal o cual momento – lo cual (esa velocidad) puede compararse con la fuerza de ella, etcétera. Pero piensa que no es que estén nadando como si no hubiera nadie más; no están solos en esta piscina y, por lo tanto, cada movimiento concreto – individual – alterará el movimiento del otro. La estela de él, piensa ella, ha de chocar con el borde – límite, duro, de hormigón – y regresar para conformar la estela que – siempre – va de ella a él o – interrumpe su pensamiento, ese gesto del cuerpo en movimiento. Reflexiona: desconoce la física – la ciencia – las leyes enunciadas / construidas; sólo conoce las leyes que actúan en lo físico (el cuerpo). Kat nada.

Él se ha ido.

Kat se pregunta si él la ha visto – a ella, que va nadando y comparte con él este medio – se pregunta si la ha mirado, respetando su movimiento. Nada y piensa: *respeto*, de *specere* – mirar a – más *re*, que significa «atrás» / «de nuevo»: *respetar*. *Mirar hacia atrás* implica una distancia – un cambio en el tiempo / el espacio – *respetar* – que también tiene que ver con el aspecto – *specere*, espectro, espectral, especioso – que connota *parecer*, y esto, piensa, es revelador. *Specere* supone tanto mirar como parecer – ver y aparentar – la acción invertida, mi mirada posada en ti – tu interior, entregado – en este momento específico ella busca – el *fin* – específico desde *specere*.

Kat nada en este círculo, hace largos y se pregunta qué vio en él, su marido, en el pasado, al principio. Piensa quién era él a sus ojos. Quién era él, con la cabeza afeitada, perilla negra, pendientes y chaqueta de cuero, armado de cultura – alta y baja, distinción difusa – asombrando a los demás con su ingenio y su verborrea. Intenta recordar. Recuerda las manos de su marido cuando él le encendió un cigarrillo la noche que se conocieron, en una fiesta; sus dedos, llenos de pintura reseca. Un lienzo, dijo él: un autorretrato en gris. Trabajaba, según explicó, con la espátula y las manos desnudas – la palma y los dedos; la brocha, intacta – una técnica que no había previsto / anticipado – una sorpresa, dijo |9|. Un regalo, añadió, no sé muy bien de quién…

¿Las musas?

Ah… los griegos… No quiero regalos de ellos, dijo, y rompieron a reír echando humo, visible en su gris particulado. Al contemplar el humo, Kat pensó en su padre – a su padre no le habría parecido bien aquello.

Respeto, piensa mirando atrás / a él, a distancia, desde aquí, en Grecia. Nada y da brazadas para hacer un largo más.

«¿La torre es la semilla que aprisiona o la semilla es la sala de estar de la mente?»

Se pregunta qué vio él. Qué objeto / apariencia creó él a partir de ella – la mujer que sería el sujeto de su historia – su historia en cuanto hombre – el extraño / el solitario, experimentado y duro, vestido de cuero y con sus *piercings* – un hombre que podía atraer a una chica sensible de veintitrés años, brillante en los estudios pero inocente / ignorante en lo relativo a la experiencia física. Ella no se preguntó entonces quién era dentro de la ficción de él – quién era él (por lo tanto) dentro de ella; no cuestionó por qué él – un hombre diez años mayor que ella – le propuso matrimonio sólo cuatro meses después de conocerse.

Recuerda las manos de él – temblorosas – cuando abrió el estuche y le ofreció el anillo. Llevaba los dedos limpios; la tapa estaba forrada de seda blanca de imitación; ella aceptó sin palabras.

Luego construyeron, uno para el otro, una familia – un hogar – y cree que después fueron – felices – pero sabe que nunca se entregaron al placer con violencia / gozo. Siempre fueron (sólo) agentes que actuaban uno sobre el otro – sujeto sobre objeto, y luego, invirtiendo sus posiciones, arriba y abajo, objeto sobre sujeto – cabalgando los dos hacia adelante, hacia un clímax – individual – el relato / la fantasía, diferente en sus respectivas cabezas.

No quería…

Qué es lo que quieres.

Escucha.

Bracea en el agua. Me comería mi traición si pudiera, piensa. Se tragaría, entero, a ese ser vivo que ha creado. No las mentiras – las excusas verbales por llegar tarde o marcharse – unas palabras tan estrechamente entretejidas que no eran más que frases que se cruzaban y se tejían para formar una tela bajo la cual se ocultaba la vida. Esa vida, piensa – ese cuerpo que se retuerce, buscando – no era tampoco el sexo: la traición no es copulación / incidente / acción mecánica o animal. Más bien, piensa, la traición es fantasía – la ficción – la imaginación humana: la capacidad de pronunciar una narrativa mientras se vive otra.

Nada.

Chis.

Mueve los brazos y los pies – tres brazadas con la cabeza dentro e inspiras a la cuarta – respira, con los labios separados. Su boca – «ninguna sílaba buscaba» – es voraz, se ensancha como una serpiente, pero – no – ésa no es la imagen, piensa. Esa imagen viene de palabras / frases cruzadas: serpiente. Ahora se concentra en lo físico / la base de la metáfora.

Respira.

Esa sensación tiene un borde como el de los labios – su filo flexible – pero el movimiento no es una mandíbula. La boca, en cambio, se desliza, se estira – el objetivo de una cámara – dilatación, expansión – pero no con la progresión mecánica de una cámara. El movimiento, piensa, es como nacer: su boca |10|.

Mejor ve tú sin mí, dijo él.

Era el segundo curso – hace un año – catorce años después de que se conocieran; el retrato (gris), colgado en la pared. Tengo que terminar este encargo.

¿No vas a venir? Ella cruzó los brazos, el pecho expandiéndose bajo la tela – el aire inspirado, preparada para el enfrentamiento. Lo suyo es que vayamos juntos… No conoces a mis compañeros, mis profesores…

Él se apoyó en la mesa – con los brazos separados, los hombros encorvados, arrinconando el portátil. Parece que te las arreglas bien sin mí, dijo. Tenía la vista clavada en la pantalla, leyendo el código que había escrito.

«todas sus residencias posibles desaparecieron»

No sé si sabes, dijo ella, que es mi graduación. Mi fiesta de fin de máster. No sé si sabes –

Sé, dijo él, lo que es.

Ella dio un portazo: bum.

Joder.

«Una ausencia es el amante que desplaza el espectro.»

Aquella noche Kat estaba esperando en la parada cuando vio a una mujer al otro lado de la calle, de pie dentro del escaparate de su tienda de segunda mano mientras vestía a un maniquí. Allí, en la vitrina, con un atuendo desenfadado – vaqueros desteñidos y cinturón de cuero, una camiseta estrecha / corta – aquella mujer encarnaba la soltura femenina, una sensualidad contenida – singular / secreta – sin necesidad de ostentación. La mujer se estiró para ajustarle la ropa al maniquí; al hacerlo, recuerda Kat, la camiseta se le subió y dejó ver la curva de su cuerpo, aquella suavidad cerca del cinturón.

El tranvía se acercaba.

Lo dejó pasar.

Nada en el agua – su calle / su carril – bracea mientras recuerda. El hombre acaba de adelantarla.

Pruébate esto, le dijo la dueña descolgando un vestido de una percha. Seguro que te queda muy bien...

Kat cogió el vestido – sonriente, agradecida – y dejó el bolso en la silla del probador. Se fue quitando la ropa, prenda a prenda, consciente de su desnudez – total, salvo por las bragas (de seda) y los zapatos de tacón alto que le hacían echar – torpemente – la pelvis hacia atrás. Se quedó allí, consciente, invisible, y se enfundó el vestido nuevo – un torrente cayendo hacia el suelo como el agua por un acantilado. Sintió la silueta de su cuerpo.

Pasó al otro lado de la cortina del probador, caminó hacia el espejo de cuerpo entero – observándose caminar hacia (sí misma), con el vestido, arrastrando / deslizando los pies. No se fijó en el corte ni en el color; vio, en cambio, el tejido vaporoso – una espuma que se arremolinaba en torno a sus tobillos y subía – la raja, que se abría / cerraba siguiendo el muslo – las caderas, firmes, esculpiendo un espacio en el aire – una curva que se hundía hacia el centro y luego remontaba – hundiendo / esculpiendo hacia un centro / punto – un ocho en horizontal. Vio, en aquel espejo, su cuerpo / su yo no en cuanto sujeto ni objeto, sino más bien, piensa, en cuanto movimiento.

Kat nada.

Te lo tienes que llevar, dijo la dueña de la tienda. Posó las manos en las costillas de Kat; los dedos, en la tela |11|. Un tacto profesional: el tacto de una mujer que trabaja con ropa – con cuerpos vestidos. Tocó, valoró – dio un paso atrás para ver; asintió una vez, con los brazos cruzados bajo los pechos.

¿Me queda bien?, preguntó Kat. Posaba como una niña – como su hija, piensa. Como su hija interpretando un papel – fingiendo con un disfraz y un guion – llenándose el cuerpo de ansias / emociones que sólo tienen consecuencias en el escenario.

¿Estoy…? ¿Me queda bien?, repitió.

La mujer se apoyó la mano en la cadera, desnuda por encima del cinturón. Se miraron – viendo – a salvo en su juego trivial. Hicieron una pausa, inspiraron – Kat respira – y rompieron a reír, nerviosas, un centelleo en su placer femenino: esa ilusión que envuelve, viva / auténtica.

Y aquél quizá sea el momento que está buscando – lo sensual sin lo sexual, lo erótico que se ofrece en su conjunto, completo en sí mismo. Quizá aquél fue el *fin*.

Nada, indecisa.

«La torre es perfectamente redonda, de piedra oscura; sólo recibe luz a través de una angosta ventana»

Nada en el agua, viscosa – mineral / espesa.

«La llevaron a la torre contra su voluntad.»

Él se ha ido.

Ojalá pudiera contárselo, piensa. Quiere hablar / confesar – tumbarse desnuda ante él – él, que sujetaba / soltaba las riendas, que la llevaba con firmeza.

«su vida anterior, en la que había cosas por lograr»

Él, que – con aquel mismo movimiento – le dio a ella la posibilidad de soltarse.

Kat nada.

Se pregunta si él la habría castigado.

Hiende el aire – el brazo / la mano, los dedos / la palma – y se ancla en el lenguaje, una sujeción consciente: *castigar* y *castidad* tienen una misma raíz – el mismo radical – *castus*, que significa «puro». De *castidad*, una forma de pureza – viene –

castigar, una forma de castigo (sobre todo, físico), pero también de refinamiento / purificación – y esto, piensa, es absurdo, como si así – con ese castigo / esos golpes – se pudiera purificar / limpiar, excoriar el deseo – la porquería que ella tiene en la boca y en el sexo.

El deseo de un sujeto que lo liga al significante obtiene a través de ese significante un objetivo, un valor extraindividual, vacío en sí mismo, distinto, sin, a pesar de ello, dejar

Quiere que él la castigue, eso piensa; quiere que alguien – otra persona – tenga el poder de perdonar. Mueve las piernas y los brazos, respira – voraz – absorbe el aire, necesita parar. Decide descansar en el largo trece |12| – un tercio, proporción exacta – una pausa breve para relajarse y recobrar fuerzas, para interrumpir su movimiento circular. Nada, decidida, y ve al hombre acercarse – su pecho, definido, los músculos en acción / tracción. Lo mira otra vez – un joven autóctono / oriundo de este sitio, de estas aguas curativas. Lo deja atrás, vuelve al *respeto*.

Ahora se da cuenta – en ese movimiento hacia la pausa – de que lo había idealizado – a su profesor – de que había hecho de él un objeto de conocimiento – un otro / un hombre formado de enseñanzas

/ ideas – un hombre que la completaría por medio de la lógica / las palabras. Se vio a sí misma como la veía él – una alumna con carencias – ella, que se esmeraba por él / él, que, a cambio, bebía de su exuberancia – ahogándose en ella, con la boca abierta – el cuerpo de él sumergido en la necesidad de ella de complacer / lograr – una necesidad que ella desbordaba y, pura, se la ofrecía a él. Permití esa dinámica, piensa. No lo deseaba en cuanto sujeto – él – individuo, poseedor de historia / pasado, impulso / deseo. Deseaba – en realidad – a su profesor como medio para liberarse.

Cómo puedo…

Estás cerca y es *frustrante*.

Nada en el agua – aquí – y piensa en el *fin*. Esta palabra puede significar varias cosas. Puede ser el término de algo, su compleción, su agotarse. Pero también designa un objetivo que trata de alcanzarse y que determina la dirección / la constitución / la relación en que se dispone algo, un deseo que se expande hasta su consecución, su fin.

¿Fin?

Chis.

La bruma de la duda acaba de disiparse: su proceso era imperfecto, la pregunta estaba mal planteada. No encontrará ese momento concreto porque el *fin* no existe en cuanto objeto, inmutable. Los momentos que ha recordado – las escenas, las interacciones – tienen significados distintos según su perspectiva – el lugar de observación / el punto que es su cuerpo / su ser, que no es sólido ni estable, sino que cambia con el tiempo, impulsado por el innegable ritmo del yo.

Lo estable no existe, salvo –

«Esas leyes indispensables para la condición humana»

Aun así, piensa que está buscando la finitud / la totalidad – la seducción del significado – *fin*. Busca y evita, se rebela cuando se acerca. Esto lo sabe por él – su padre – que creía albergar el significado en su cuerpo, tan fuerte y esbelto; que rechazaba el destino – un hombre que corría, que se trazó un camino fuera de la historia – aquí – convencido de que podía empezar de nuevo / desde el principio – un comienzo como si su pasado no le corriera por los músculos / el abdomen. Ella nada en esta piscina, un lugar en el que en el pasado los arroyos fluyeron hacia la boca de su padre en forma del agua que bebía y el alimento que comía – la suculencia de las frutas, el amargor de las hojas que recogía durante la guerra; las piscinas y las cascadas en las que chapoteó, en las que amansó su cuerpo mediante la acción / el movimiento. Aquí es donde fue niño, en el pasado, y ya no está.

Kat nada en la piscina, en Grecia, sola. Bracea. Nada con los músculos abdominales – situados tras / debajo / junto a ese punto, ese *no* que siempre se escapa porque, piensa, es un vacío – un intervalo – una fuerza motora. Kat nada – con esos músculos – para él.

Él se ha ido.

Da una brazada más, buscando el borde |13|.

PRIMER INTERLUDIO

El cuerpo de Kat se relaja de inmediato. Las piernas le flotan, rozan la pared sin revestir. Un rasguño suave, casi un beso; la cara sin afeitar de un hombre. Un recordatorio del mundo que hay ahí, fuera de la piscina.

Kat sólo descansará un instante. Lo justo para recuperar el aliento.

Aquiles sigue nadando.

Kat se vuelve, estira los brazos en el reborde de la piscina. La piedra le dibuja una cálida línea por la parte superior de la espalda; ha dejado las piernas flotando, a su aire, meciéndose sobre el fondo de la piscina. Cierra los ojos. El sol le da directamente en la cara; el naranja le inunda el campo de visión, muta sin cesar en formas diversas. De cuando en cuando nota cierta frescura en ese color; la causa, que Kat ignora, es una mariposa que la sobrevuela y proyecta una sombra.

No vemos más que las hojas y las ramas de los árboles que encierran la casa. Aquellos sumisos juegos eran sensuales. Yo no tenía más de tres o cuatro años, pero, cuando me enfadaba, aguantaba la respiración no por rabia, sino por tozudez, hasta perder el conocimiento. Las sombras, un día más oscuras. Todas las familias tienen sus historias, pero no todas tienen quien las cuente.

Melina está completamente perdida. Nunca se lo confesaría a su madre, y menos todavía con ese libro que encontró hace dos semanas, justo antes del viaje a Grecia. El poemario *My life*, de Lyn Hejinian, estaba en la mesita de noche de su madre, encima de un libro para su tesis y debajo de su último diario.

Melina sigue leyendo.

Sin qué funciona una persona igual que el mar funciona sin mí.

El agua le sube a Kat hasta el pecho, le golpea la piel. Abre los ojos justo cuando Aquiles vira y toma impulso con la pared. Su cuerpo se propulsa hacia adelante para acometer el siguiente largo. Kat observa su fuerza natural; sus músculos, ansiosos y vírgenes. La belleza de Aquiles es la de la juventud.

Kat aparta la mirada; el reflejo de la luz en el agua es demasiado violento.

A través de las ventanas de Chartres, sin vistas, la luz transmite el color como si fuera una escena. Qué es, pues, una ventana. Entre coa y proa. Una pausa, una rosa, algo en el papel, no nos faltan verdaderas espirales orgánicas. Por la mañana es malva, casi morada. El simbolismo de la rosa depende de la pureza de su color.

Melina se frota el labio inferior con un vaivén del dedo. El movimiento es inconsciente.

La rosa roja, en su rojez, no pierde el amarillo. En otras palabras, elabora el argumento.

El dedo de Melina se detiene. Reflexiona sobre la frase.

Kat observa la ladera. El paisaje, visto desde abajo, es un lienzo de marrones apagados y diversos. Desde la piscina, Kat no distingue las cuevas ni los arroyos que fluyen hacia las cascadas; tampoco ve las flores silvestres, con su panoplia de colores. Las montañas parecen inertes, pero sabe que no es así, aunque sólo sea por la historia que le contó una vez su padre, hace años.

El simbolismo de la rosa depende de sus espinas.

Este pueblo se llama Lutrá o «baños», un nombre apropiado, dada su característica más significativa: las piscinas de agua que se forman bajo seis pequeñas cascadas cuya progresión traza el perímetro del pueblo. En las afueras de Lutrá, las aguas subterráneas de la montaña quiebran la superficie de la roca; esas corrientes dispares enseguida se reúnen y caen juntas en la primera cascada. A medida que esa agua golpea el rocoso lecho, forma una piscina natural cuyos bordes no pueden contener el líquido, que rebosa sin cesar y se derrama en el siguiente arroyo, que discurre hacia la siguiente cascada, por la que cae, y así sucesivamente. La piscina grande, de construcción humana, está llena de agua desviada de esos arroyos. Del agua se dice que tiene propiedades curativas, dada su combinación de minerales, específica y de origen natural.

«El simbolismo de la rosa», musita Melina. Nota cómo pronuncia las palabras: los labios se elongan en la s y luego se aprietan formando una línea para la m y se separan en la b; la lengua toca los dientes en la l, un golpecito rápido, y después se retira, tímida; por fin llega el sonido de su respiración al vibrarle en las cuerdas vocales. Sus directores siempre han destacado su capacidad para articular claramente las palabras, con una dicción precisa y con sentimiento. Su madre también lo ha señalado, aunque Melina se avergüenza y se enfada cuando Kat hace alguna observación por el estilo, aunque sea en privado.

«El simbolismo de la rosa», repite, pero ya no es más que boca y dientes. Se sacude el pelo, que le cae por la cara.

Aquiles nada ahora más rápido; el agua se agita más furiosa en torno a su cuerpo. Kat percibe el cambio. Los músculos se le ponen en alerta, el cuerpo se prepara, acumula tensión. En una secuencia fluida, Aquiles emerge de la piscina –el agua le cae en cascada por el cuerpo, salpica el suelo– y Kat se aleja del borde. Con la primera brazada, ve una deslumbrante silueta femenina echada en la tumbona: el cuerpo, largo y ágil; el pelo, enmarcándole el rostro, dejando ver los labios, que se frota con un gesto lento –suave– sobre la membrana.

Kat nada.

LARGOS 14 A 26

Kat siente la caricia en la piel – el sudor que se lava al mezclarse con este medio, el agua de esta piscina. Pronto habrá hecho catorce largos, límite de borde afilado, y luego dará media vuelta para hacer otros más, con ese movimiento ovalado (los largos) de elipse / hendidura. Catorce, piensa, sintiendo cómo la imagen le recorre el músculo: el cuerpo de su hija – esbelto / flexible, preparado para el tacto – a la espera de la impronta / impresión que habrá de venir de otro: fuerza. Catorce.

Anticipa el daño.

Kat nada.

Tenía catorce años cuando todo empezó, piensa, si es que ese *todo* se corresponde con el trastorno / el comportamiento en sí. Si, no obstante, ese *todo* es el terror exquisito – sólo el *yo*, ahí, sintiendo una horrible atracción hacia el sexo-el hambre-el habla – ese deseo de perderse que infla / hincha; si ese *todo* se refiere a esa dinámica, *empezar* siempre fue. Nunca es.

Kat nada: empezar.

Recuerda el momento concreto en que el daño / el tacto ofrecía consciencia – el momento en que el recuerdo podía crearse a sí mismo con palabras. Lo sabe porque se lo dijo a él, que preguntó, la noche que empezó todo.

Cuál es tu primer recuerdo, dijo él. Tenía la nariz hundida en el pelo de Kat y se dejó invadir por su olor – viciado.

Estaban en la cama, sobre las sábanas húmedas, sus extremidades y sus historias entrelazadas – desordenadas. Ella tenía la cabeza en el pecho de él; con el dedo le dibujaba una línea por el torso, palpando la suavidad irregular de una cicatriz.

Estaba en el baño, dijo ella, y mi madre me lavaba el pelo.

Me puso una toalla en la cara para que no me entrara jabón en los ojos y luego me volcó la jarra llena por encima. Pero la toalla se mojó, me tapaba la boca y no me dejaba respirar. La jarra, le dijo – el dedo en la cicatriz a un lado, por encima de la cadera – la jarra era de plástico.

Recuerdo el olor del plástico.

Recuerda ahora la sensación de ahogo – la tela empapada taponándole la boca – una mordaza que se apretaba más cuanto más fuerte inspiraba – respira – asfixiada por la toalla al tiempo que su madre la sujetaba. Su madre, pensó (entonces)

– mientras hablaban en la cama, la de él – intentando que no le entrara jabón en los ojos. Su madre, sabe (ahora) – al nadar en esta piscina – poniendo en práctica un ritual de ellas dos, juntas – singular – ellas dos en aquella estancia húmeda. Las baldosas eran verdes.

Recuerdo...

Él le rodeaba la espalda con el brazo; el pulso le latía por encima del músculo de ella – una contracción para animarla / motivarla, pensó ella en aquel momento – para ayudarla a continuar mostrándole que él seguía a su lado, siguiendo su recuerdo. Prosiguió.

Mi madre se inclinó sobre la bañera, dijo Kat, intentando agarrarme por los brazos – las muñecas – pero yo me revolví, resbalé, levanté espuma... Al ver que no podía sujetarme, gritó – *¡quieta!* – como si el sonido pudiera controlarme.

Hizo una pausa y lo estrechó con las piernas |14|.

Respiró hondo y volvió a gritar – repitió / entonó la palabra – *¡quieta!* – que chocó con las baldosas, rebotó hacia ella y colmó la habitación entera – un recipiente húmedo – de sonidos palpables, de gritos cruzados, apenas lingüísticos, totalmente articulados.

¡Quieta!

La madre tenía el camisón salpicado de agua. Se le quedó pegado a la piel – la barriga y los

senos – arrugado, dijo Kat, y él no respondió; la
tela se arrugaba al respirar y el pecho se alzaba,
enfadado conmigo – con nosotras, se corrigió –
con lo que éramos la una para la otra. La una *con*
la otra, piensa.

La una en la otra.

Kat nada.

Y ése es mi recuerdo, dijo, el primero; ésa fue
la noche en que empezó todo.

El reloj de él brillaba en la mesita de noche;
la hora que marcaba era luminosa – números rojos – puntos que parpadeaban al compás de los
segundos, insistentes, ese ritmo engañoso de la
duración digital.

Tengo que irme, dijo ella pasando la uña por
encima de su cicatriz.

Sí, respondió él. La besó en la boca. Sí, es mejor que te vayas…

A casa.

Kat nada.

Piensa en lo mucho que se ha alejado. Tiene
que volver a la pregunta inicial – su decisión – la
libertad no la ha llevado a ningún sitio. Piensa en
cómo podría volver.

Una metáfora, se dice. Si es capaz de encon-
trar la metáfora de su matrimonio – el parecido
que forma una imagen visible – conjurando un
cuadro, representando una complejidad enredada

hasta ahora en palabras vacías – si lo consigue, sabrá qué hacer. Verá su decisión con claridad – observable – revelada por esa simple figura retórica.

Kat nada buscando una metáfora en este país de mitos y símbolos – señales y cuerpos – historias sin progresión lineal, tejidas entre dioses y mortales, ninfas (núbiles) de catorce años.

Sus brazos hienden las aguas – curativas – alimentadas por arroyos en esa frontera montañosa entre Bulgaria y Grecia. Los Balcanes, piensa exhalando – el aire se le escapa por los labios bajo el agua y sale a la superficie – al aire – *los Balcanes*. Oye pasar la respiración por entre los labios – un borboteo: los Balcanes – su nombre viene de Vulcano, piensa, esa B en griego que suena como una V – labiodental – de Vulcano (Balcán) – Vulcano, el dios romano y también el griego, Hefesto, originario / en su origen, de aquí.

Nada recordando sus estudios – segundo curso: Mitología Clásica en la Literatura Modernista – Hefesto / Vulcano, el hijo primogénito de Zeus y su esposa, el legítimo heredero. Un dios a menudo ridiculizado, pero jamás calumniado – un niño que cojeaba, deforme de nacimiento; un hijo con un amor débil por su madre, carente de eros – casado, irónicamente, con el Amor (Afrodita), esa diosa de espuma marina que provocaba maremotos a voluntad. Balcán / Vulcano / Hefesto: el hijo olímpico, el marido del Amor, el dios del metal; él, Hefesto, trabajaba en una fragua moldeando objetos / herramientas con fuego, que atizaba y dirigía para que se elevara – dominado – la llama controlada, lo que permitió el nacimiento de la civilización / la cultura. «Hefesto», repite |15|: *Hefesto*, de *Vulcano*, de *Balcán*, de los labios, y a él, piensa, le habría encantado esa deducción – esa lógica-escultura de la lengua que no había sido capaz de hacer hasta ahora, nadando. Ha tenido que venir hasta aquí, hasta Grecia – este lugar / físico – para saberlo.

Kat nada en Grecia, donde nació él. Necesito, piensa, una metáfora.

Respira.

Quizá el matrimonio sea un objeto, forjado – una aleación de componentes fusionados, moldeados – una amalgama líquida, homogénea, cuyas propiedades son sólidas / estables: fuerza y unión – plasticidad, placer – contorno y ángulo, lustre y brillo: todo lo que se permite aquí – en esta figura – está contenido dentro de sus propiedades aleadas, forjado en su nacimiento – histórico – el momento del comienzo.

Nada directa hacia la esperanza de haber dado con su decisión: su matrimonio es un objeto / una herramienta forjados, como los que fabricó

Hefesto – el cojo – pero hete aquí que ahora (ya) Kat se desinfla.

Esto no va a funcionar.

La metáfora es imperfecta.

Si un matrimonio fuera un objeto sería un ídolo: un falso dios al que rezaríamos – una figura material / mística que creamos en el momento de conocernos – su origen – pero esto, piensa, no deja lugar alguno al cambio / movimiento. Esta figura permite únicamente distintas formas de culto.

Nada con más fuerza, frustrada. Quiere llegar al final; ha de tomar una decisión. Nada con los brazos y las piernas, pero, sobre todo, con las tripas – con los músculos, agarrotados, que no se mueven y aun así la propulsan. Lo sabe, por él – por cómo nadaba él, pero también, piensa, por la orden explícita que le dio en una ocasión.

Tienes que fortalecer los músculos abdominales, le dijo su padre. Estaba de pie en el borde de la piscina – ella, dentro – en uno de sus pocos días de descanso. Aquel día enseñaría a su hija a nadar.

¿Qué?, preguntó ella, confundida. No esperaba verlo allí, tan cerca de ella, mirando desde lo alto, autoritario.

Que tienes que fortalecer los músculos abdominales, repitió su padre.

Tenía una copa en la mano, llena hasta el borde, el líquido anegando los trozos de hielo.

Vale, dijo ella. El cloro, recuerda, le picaba en los ojos, en el tejido, delicado – rosa, expuesto – de alrededor. Vale.

Oyó un estallido de risa – fuerte – procedente de otras personas que andaban retozando por allí, a lo lejos, en la parte poco profunda de la piscina. Eran invitados de la fiesta – una fiesta en la piscina de la casa de otro griego, un empresario que había hecho fortuna con tampones (finos) y tetinas de biberón. Su mujer – la tercera – llevaba sandalias de tiras y los pies bien cuidados, unos pantalones cortos blancos que le trazaban una línea recta a la altura del pubis; un bikini rojo anudado al cuello.

Piensa en su madre, que estaba en casa con dolor de cabeza – o, al menos, con esa palabra. Me duele la cabeza, había dicho aquella mañana, después del desayuno, mientras leía un libro de Updike o de Cheever. El padre suspiró – el sonido era la prueba audible de un plan que se venía abajo – un contratiempo que truncaba sus esperanzas para aquel día. Así pues, ella se ofreció a ir en lugar de su madre |16|; él aceptó, recuerda, de muy buena gana.

No estaremos mucho tiempo, dijo el padre durante el trayecto en coche.

Como tú quieras, respondió ella. Se sentó delante, con el traje de baño tirante debajo del vestido. Piensa en que, normalmente aquel lugar – aquel asiento – estaba reservado para su madre. Como tú quieras, repitió cambiando de postura.

Kat nada – nadaba – lejos de los demás. Necesitaba un fin – un objeto / objetivo – así que nadó.

Su padre apareció, de improviso, en el borde de la piscina.

Vale.

Los músculos abdominales te sujetarán, dijo, te mantendrán recta y en movimiento. Vamos, vamos – a ver cómo nadas.

Nadó / actuó – apretando las tripas – para su padre.

Llegó al otro extremo – la parte menos honda – donde estaban jugando los demás. Él ya estaba allí.

Pues esto es lo que vas a hacer, le dijo.

Kat se agarró al borde, con los hombros encorvados – las piernas encajonadas entre el torso y la pared – las rodillas pegadas a los pezones, la pelvis (recogida), curvando la base de la espina dorsal. Se quedó temblando, con el cuerpo expuesto, sin capas de grasa que lo protegieran. Ya entonces era flaca – no comía – se negaba a hacerlo, aunque su negativa carecía de las graves consecuencias que tendría más adelante – a los catorce – cuando empezaría a tener carencias por culpa de aquel tejido sangrante.

Primero, dijo él, debes respirar cada cuatro brazadas – no cada dos – cada cuatro: es más rápido si nadas así. Dejó la copa en el césped, que parecía trepar como una enredadera a su alrededor, ocultándola.

Pues eso, dijo. Respira cada cuatro brazadas.

Se dobló por la cintura nadando en el vacío; miraba a un lado y abría la boca, con los labios bien estirados, recalcando la succión. Luego giraba la cabeza – hacia abajo – hacia aquel espacio que, supuestamente, era el agua.

Tres brazadas con la cabeza dentro e inspiras a la cuarta, dijo, y respiró – con labios despegados, los músculos tensos – el cuerpo simulando nadar, resistiendo contra el agua imaginaria.

Tres brazadas con la cabeza dentro e inspiras a la cuarta.

¿Vale?

Ella lo miraba, ovillada, desde el agua.

Detrás, los invitados, divirtiéndose; delante, el cuerpo de un cordero asándose, rotando, constante, entre las manos de un hombre aniñado con un bigotito fino.

Respiras a la cuarta –

Observaba a su padre mover los brazos, sincero, hablándole / enseñándole – ajeno a los demás invitados – a hombres de torso de bronce y pelo de plata; a mujeres cuyos bikinis destellaban para cubrirles los pechos. Observaba y vio, más allá, a la mujer del empresario dándole un sorbito a su copa y arrancando un trozo de carne del costado; masticó y sonrió al hombre – su risa hecha carne para él, su joven aniñado – aquellos pechos rojos del bikini, aquel cuerpo que se movía, seguro.

Separó los dedos de los pies en la pared de la piscina, los más pequeños estirados – todo lo posible – hasta que notó su tejido (fino), una membrana que se hundía entre las falanges |17|. Observaba – sonreía – presionó la pelvis contra los talones, una presión / una impresión larga y regular – hasta que la piel amenazó con rasgarse.

Mientras nada, piensa en que le gustaba aquella amenaza; aquel peligro ya le era familiar.

No estaremos mucho tiempo, dijo su padre.

Kat nada.

¿Lo ves?, repitió él. Respiras a la cuarta – eliminas lo superfluo – cualquier movimiento de más te hará perder tiempo e ir más lenta. ¿Lo ves?

Sí.

Vamos a intentarlo otra vez.

Nada en la piscina, aerodinámica (rápida), haciendo fuerza con los músculos abdominales – como hizo con placer / reconocimiento (extremo) para él, su padre, cuando la enseñó a nadar – formando / modelando / moldeando la carne de la satisfacción – el desafío / el logro – entregada más allá de la amenaza del desgarro.

¡Venga! Lo oyó gritar cuando giró la cabeza
– respiras a la cuarta – oyó con claridad sus áni-
mos / su reproche. ¡Venga!

Más rápido.

Kat nada.

Vale, dijo él cuando ella llegó al bordillo – había ido corriendo hasta la otra punta. Está bien.

¿Lo he hecho mejor?, preguntó ella. ¿He –

La respiración la haces bien, pero no tienes fuerza en los músculos abdominales.

Los músculos abdominales…

No tienes fuerza.

Su padre se quitó la camisa, vehemente – ensi-
mismado – cautivo por el acto sagrado de la enseñanza. Tus músculos abdominales están aquí. Se
palmeó el torso, justo por debajo del ombligo: aquí.

Kat le vio el hueso – duro – de la pelvis; los
músculos, tensos, en forma de triángulo y luego,
por encima, la simetría – los compartimentos – bajo su piel, la línea central / divisoria trazada por
la fuerza de los músculos. Tu fuerza está – aquí –
en el abdomen. Él hablaba. Ella lo miraba. Tienes
que nadar con esto.

Ella asintió con la cabeza.

No lo entiendes, dijo él. Arrojó la camisa lejos
del bordillo de la piscina.

¡Que sí!, protestó ella. Tienes que nadar con los
músculos abdominales, ¡eso es lo que has dicho!

Exacto, dijo él. ¿Y eso qué significa?

No sé…

No lo sabes, no.

Kat nada sintiendo su fracaso – la honda decepción de él – hundida en un vaso de agua. Lo siento…

El padre se echó a reír con ternura. No hay nada que sentir… Se agachó, (muy) cerca de ella. Yo te enseño, ¿vale? Te voy a enseñar esta noche – te voy a enseñar a fortalecer los músculos – como debe hacerse, añadió.

Vale – esta noche. Kat tiritaba en la piscina.

Porque los abdominales, si los haces bien, son difíciles.

Los haré bien.

Los harás mal. Se levantó y volvió a palmearse la barriga, lisa. Pero, añadió, yo te voy a enseñar a hacerlos bien.

Vale, dijo ella. Vas a enseñarme esta noche.

¿Y qué vas a conseguir con los abdominales?, preguntó.

Fortalecer el abdomen; me darán fuerza |18|.

¿Y qué harás con esa fuerza?

Nadar con esto.

Muy bien, mi niña, dijo.

Ella sonrió.

Muy bien, mi niña… Ahora, a ver cómo nadas.

Kat nada.

Respira a la cuarta – tres brazadas y una respiración – y tres con la cabeza dentro y una fuera, y tres más una son cuatro, y ésa es la pauta, el ritmo, de su natación, que aprendió de su padre, que le reveló – con su enseñanza – lo que ya existía.

Aquí.

¡Venga!

Piensa en la culpa que ha acarreado – oculta – la aceptación de que ella es la responsable – única – de su situación conyugal, la necesidad de tomar una decisión. Su padre, según recuerda, fue la única persona que planteó dudas sobre su compromiso – su matrimonio, tan poco tiempo después de conocerse. Él más que nadie / cualquier otra persona sabía que ella ansiaba la rebelión y la liberación, la restricción y la proeza de la pérdida.

¿Estás segura de que esto es lo que quieres?

Quiero ese movimiento.

Kat nada preguntándose de quién fue la culpa. ¿Fue él quien la rechazó primero y la apartó de su vista?, ¿fue él quien le pidió que hiciera algo, quien la empujó hacia otro por medio de su ausencia?, ¿o fui yo, piensa, quien lo engatusó – quien lo engrilletó, lo ató a mí contra su voluntad – y luego hui de esas ataduras / esos compromisos? ¿Quién excluyó a quién de su relato?, ¿quién fue el autor de esa ficción – esa fábula, completa, que incluía la boda y el pastel, la hija deseada, la casa y la salud – la normalidad, la estabilidad – el acceso al gran relato, a salvo en aquella casa?

Y ésta, quizá, sea la metáfora que está buscando: el matrimonio es una casa, es el hogar que construyeron. Ese edificio – hogar – es continente y volumen – límite y (por lo tanto) espacio. Kat nada mientras desarrolla la metáfora; avanza a través de su lógica. Su matrimonio / su hogar: habían elegido el emplazamiento de las ventanas / la luz, los rincones secretos, las puertas (interiores) que llevaban de habitación en habitación; habían decidido las perspectivas – ocultas o ampliadas – creado los ángulos de visión / percepción, las posibilidades permitidas o negadas. Aquí, creyó, podré ser independiente – trabajar / escribir – y al mismo tiempo impregnarme de los olores y suspiros de él, de sus chirridos al moverse; aquí podré llevarlo – a él solo – en mí. Construimos aquella casa, piensa, sin conocimiento / intención, sin experiencia para poner en pie un diseño tan complejo, dejamos – inconscientemente – espacios negativos – canales vacíos – por los que podía circular el aire: aire y, por lo tanto, aromas y sonidos. El aire compartido transitaba por vías imprevistas: columnas – verticales / horizontales – recodos y saltos, grietas al través: la habitación de ella podía estar estrechamente conectada con otra – remota – en el fondo de la casa, lo que les permitía

oír los suspiros del otro como si estuvieran cerca
– como si pudieran saber la causa de esos sonidos.

Sé lo que es esto.

¡Quieta!

Kat nada pensando en aquella otra casa – la primera suya – las baldosas verdes y la bañera de porcelana, la mesa del comedor en la que – juntos –
representaban su ritual – el episodio de la bañera
superado mucho tiempo atrás. Catorce años tenía
cuando empezó todo – la expresión ritual de una
relación primaria – un vínculo que su madre so-
brealimentaba |19| y que ella pretendía matar de
hambre. Cada noche, piensa, mi madre me me-
tía comida en la boca, y yo masticaba sin ingerir
– sin tragar – sin dejar que me pasara por la garganta – un tránsito al cuerpo, su sangre.

Kat nada, respira, expulsa el aire en el agua.

Su lengua, en aquel entonces, distaba de ser un
órgano de succión. Zarandeaba con fuerza el alimento – hacia afuera – y hacia la servilleta que se
llevaba a la boca. Su madre la observaba.

¿Por qué te limpias la boca?, preguntaba noche tras noche, sus palabras cargadas de sobreen-
tendidos. Por qué – protestaba su padre. ¡No pasa nada!, decía / imploraba. Al hablar mostraba
fatiga, el cansancio de lo inevitable – esa rutina
que él no había concebido para que fuera un ritual / un significado, sino mera acción / palabras

tomadas al pie de la letra – ciertas y denotadas y, por lo tanto, negadas.

Sin el ritual, la escena habría sido sencillamente / extraordinariamente extraña.

Por qué...

Se llevaba el montoncito de comida, sin ingerir, al regazo – ese umbral, húmedo, en el que se introducían las palabras – deseadas – ansiosa como estaba, con los labios hinchados por querer entenderlas.

Qué has hecho.

Nada moviendo los brazos – esos brazos, estirados, que en tiempos no eran más que hueso y tendón, como las alas de un pájaro, deficientes por su atroz carencia de músculo / grasa. Era una niña – treinta y seis kilos a los dieciséis años, con ese cuerpo (el mismo) que está nadando.

Treinta y seis kilos, piensa: ¡quieta!

Estaba sentada frente a su madre, de cara a la cocina, donde la basura se pudría debajo del fregadero.

Qué raro, recuerda que solía decir su madre. Esa palabra era una perla opulenta que se formaba en su garganta debido a la presión, y que subía – regurgitada – para llegar a la boca y acabar expulsada por los labios en todo su esplendor. Qué raro, repetía, el perro estuvo anoche olisqueando la basura, como si estuviera llena de comida.

Qué raro, repetía Kat clavando en su madre una mirada untuosa que decía: dilo.

Di lo que he hecho.

Todas las noches solía sentarme en mi silla, recuerda, con la mandíbula apretada por el hambre de comida – los labios blandos por el miedo cerval a que mi madre hablara – a que lo dijera *todo*, todo aquello que no cabía en la lógica. Dilo con la boca de tu cuerpo, pensaba / deseaba.

Qué raro, recuerda que solía decir su madre.

Qué raro, sí, y luego inclinaba la pelvis (abierta) sobre el asiento de la silla; notaba el contacto – pleno – el tejido apretado contra la madera: dilo – qué raro – no sé qué pasa.

Kat nada, furiosa.

Si pudiera abrir la boca y echarme el agua a la cara lo haría, piensa. Eso es lo que quiere hacer: quiere convertir su furia en grito – invertido – un grito que succione el agua – hacia adentro – pero sin dejar de ser un grito, piensa |20|. Sin dejar de ser una brecha que parte del pecho y le atraviesa la garganta – un grito que es un movimiento contrario a la cohesión – el yo transformándose en una masa oclusiva proyectada por su boca y su garganta, sus pedazos y sus residuos flotando, percibidos pero sin coherencia ni sentido. Gritaría y su cuerpo absorbería esa agua para propulsar su furia y también para domarla: para encerrarla a cal y canto – un grito que es rabia y aspiración – para llevarla hasta lo más hondo de su ser y dejarla allí descansando.

Qué asco, decía su madre mientras revolvía la basura noche tras noche. Qué asco.

Kat nada.

Piensa en las noches que pasaba echada en la cama, sola, contando objetos – calorías ingeridas – la comida eran cifras, el imperio de la lógica. Con la mano se frotaba el cuerpo – la barriga – la única carne sobre la que no descollaban riscos de huesos; se frotaba en círculos cerca de aquel umbral – tupido – aquel vello rizado que de vez en cuando rozaba. Aquellos años, se quedaba allí tumbada, a oscuras, anoréxica. La otra, ahora, la lamería entera. Llegaría por la noche y le pasaría la lengua por el cuerpo – demasiado cansada / delgada para resistirse – a todo – el hambre que llegaba como una boca a su sexo, sólo que la comía por dentro: *dentro* tenía una boca que la mordía, la engullía, todas las noches mientras estaba tendida en la cama, con la cabeza estirada hacia atrás – el cuerpo arqueado – esperando aquella apertura.

Kat nada.

Ésa era su historia – su vida, entrelazada – y jamás insistió en preguntarle a él por la suya. Tendría que haberme dado cuenta, piensa. Tendría que haberlo visto venir – su deseo – su necesidad de sucumbir a la lucha, sin otro / sin intercambio. Ella no podía competir con su depresión – seducción – el movimiento en el sexo de él – bestial – el deseo de su cuerpo transmitido a su propia lengua – los dientes apretados – ensangrentados sobre el músculo del lenguaje. No podía apartarlo de aquella amante sádica que sabía cuándo mimarlo y cuándo burlarse de él, que le murmuraba palabras tiernas mientras las cuerdas con que lo ataba le raspaban la piel – su carrera fracasada de artista, sus problemas en los negocios, su mujer de sexo insatisfecho / insatisfactorio – una amante que lo azotaba, que penetraba su entumecimiento.

Ella podría haber reaccionado de otro modo. Podría haber tomado otra decisión.

Estoy donde tengo que estar.

Debo volver, piensa, a la pregunta que me he planteado: cuál es la metáfora de mi matrimonio. Ha conjurado metáforas para otras dinámicas, pero ninguna, eso cree, que la haya llevado hacia su necesaria decisión: cuál es la metáfora.

Era una sorpresa – un regalo.

Bracea en el agua – el líquido viscoso – Balcanes / Vulcano / Hefesto – a quien asimismo, piensa, traicionaron. Él, Hefesto, se enteró por Hermes, el de los pies alados, el dios mensajero que le traía noticias: Afrodita y Ares – su esposa y su hermano, dioses olímpicos del amor y la guerra

– del placer y de la agresión – estaban follando en el lecho conyugal.

Esto lo recuerda del segundo curso – Literatura Modernista – abriendo mucho la boca.

Hefesto forjó una red en su fragua |21| – allí, colgada de los postes de la cama, una red de eslabones tan finos que resultaban invisibles – una red cerniéndose sobre aquellos cuerpos desnudos para atraparlos. En silencio, cojo como estaba, Hefesto se escondió para espiar la cama – a su mujer y a su hermano – cuerpos en movimiento – una unión de la que nacería Eros. Se escondió para ver cómo bajaba la red.

Se pregunta, pues, si esa podría ser la metáfora del matrimonio: una red suspendida entre dos postes – personas distintas – que cambian, crecen, acumulan experiencias, solas pero conectadas por hilos, fuertes y finos, con espacio para la luz y el aire. Una red que transfiere la atracción de uno a otro – deseo o necesidad – o atrapa un cuerpo que siente miedo o fracaso; una red cuya tensión traduce la emoción en fuerza física de uno al otro, pero que también tiene una sustancia – un tacto / una materialidad que pueden sostener o ser sostenidos.

Sí: la red es la metáfora.

Y, si la red es la metáfora – la relación que han creado – debe determinar su fuerza, su dimensión, el tamaño de sus agujeros, el juego entre los

eslabones. Y – si puede identificar esas propiedades – las que ellos juntos habían forjado – su red
/ su relación / su metáfora – sabrá qué hacer.

Se pregunta, pues, qué es lo que forjaron.

Recuerda los días en que juntaban las manos
y acariciaban el vientre de ella, aquella suavidad
curvada en la que crecía su hija, que se movía dentro; recuerda, también, las lagunas en sus historias / vidas – la información que no se contaron
al principio y que luego (con el tiempo) escondie-
ron / callaron al otro.

Respetar / *specere* / observar de nuevo: vamos.

Kat nada en Grecia, en los Balcanes / Vulcano
/ Hefesto. Bracea.

Él dormía en aquella cama, piensa Kat – aquellas sábanas – y sabía que ella había estado allí con
otros. Dormía e imaginaba esa red – forjada – apretada contra su músculo, que se endurecía con esa
imagen – la idea de ella con él, en la cama, desnu-
dos, sus ritmos: traicionado. Sentía las cadenas que
lo apretaban, voraces, violentas: la red que él solo había tejido.

Los dioses reían, gozosos.

Kat se imagina ahora sus propios brazos enma-
rañándose – una red de fina factura, caída en torno a su cuerpo, que se mueve; un objeto / una figura – ajenos – pero formados por su propia boca:
una red de palabras.

Quiero – lo sublime.

«Esta imagen nos permite»

Tiene los músculos abotargados de tanto avanzar.

Se niega a seguir por esa vía. Nada recordando la lógica de los teóricos: la metáfora es una figura de otra era – hinchada de sentido – una era de verdad y de trascendencia, de una historia fija contada con autoridad: estable. No piensa elaborar una metáfora. Lo que necesita es un plan distinto; debe tomar una decisión.

Debo tomar una decisión.

Llevo meses repitiéndome estas palabras, piensa. Ni siquiera sabe ya lo que significan |22|.

Kat nada.

Me imagino que os vais mañana, dijo él, sentado, mientras navegaba por la red.

Bueno – sí, mañana…

¿Y después?

Y después… dijo ella. Después, no lo sé.

Él asintió con la cabeza. Estoy molesto, lo sabes, ¿no?

¿Por qué? Dime…

Porque la vas a apartar de mi lado.

Ella nada ahora deconstruyendo su propia respuesta – su cuidadosa fabricación de motivos / excusas para visitar el país natal de su padre; era algo que, después de su muerte, necesitaba hacer de un modo imperioso, según dijo, antes de la tesis, el día de su cumpleaños – el momento perfecto para ella y su hija, quien pronto sería demasiado mayor, eso dijo, demasiado adulta, para querer acompañar a su madre en aquel viaje, en aquel periplo, a su tierra natal. Llevo años queriendo hacer este viaje, añadió.

Él asintió. Sí, dijo. Vete de viaje – parece que llevas mucho encima estos días.

Y qué quieres decir con eso, dijo Kat.

Y él respondió: tengo cosas que hacer.

La indiferencia de ella desapareció entonces de golpe – las sábanas arrancadas y dejando al descubierto su cólera, la energía de su impulso. Tenía un deseo, piensa. Tenía un deseo – como el de sentir su polla atravesándole el coño – el deseo de una confrontación: de un forcejeo con lo conocido ocultado. Quería decir a gritos cuál era el problema – la traición de ella, la depresión de él, el odio que sentía ella por la situación, su (completa) pérdida de convicción y confianza y fe en él / ella / ellos – y en el amor y el honor y la familia / los votos. La pérdida del yo que la definía: una mujer / una madre / una esposa que no estaba impregnada por el persistente olor del deseo.

Kat nada.

Tengo que ir a la facultad para recoger unas cosas, dijo.

A la facultad, respondió él. Ya veo.

Sí... Ya lo sé.

Fue directa a su casa, con la sangre preparada por él – su marido – él la empujó sobre la cama, con las manos como esposas apretándole las
muñecas. Le hundió los brazos en la almohada;
ella reaccionó luchando – sus músculos esculpi-
dos por el esfuerzo / el combate, su intento sincero de liberarse. Sentado encima de las caderas
de Kat, con la palma en sus muñecas, se inclinó
para tomar la carne que en el pasado fuera alimento. Primero la lamió y luego jugueteó con su
vello y lo enrolló, tupido, entre los dientes. Ella
dejó de debatirse, asustada, conociendo – antici-
pando – el dolor. Él le sujetaba el cuerpo, la do-
minaba con la mirada, la boca en su pecho; la sujetaba y sin duda debió de sentir su aliento – la
respiración de Kat – presa del pánico. Se detuvo
|23|. Sonrió, piensa ella, asomando los dientes por
los labios entreabiertos; sonrió antes de apretar
la mandíbula y morder.

Kat nada.

Bracea, con los músculos en movimiento – bí-
ceps, trapecios y pectorales cerca de los pechos,
todos moviéndose al hacer un mismo gesto, fran-
co, ese gesto que es su cuerpo mientras nada en
esta piscina, en Grecia.

Bracea.

Recuerda haber aullado por el desgarro y la rabia; aulló mientras él bebía lo que de ella se derramaba.

Tengo que tomar algunas decisiones, dijo ella después de haberse lavado el olor de él. Él seguía en la cama, las piernas como gruesos troncos de árbol; no respondió.

Creo que lo sabe, prosiguió ella y – enseguida – él se volvió eléctrico / una centella; se apoyó en los codos – con los ojos clavados en ella – y formuló su intuición, su pregunta: la primera.

¿Y sabe...?, preguntó él.

¿Que si sabe qué?

Que si sabe que soy yo.

Tengo que tomar algunas decisiones.

Kat nada.

Bracea en el agua – los Balcanes / Vulcano / Hefesto – aquí, el lugar donde nació él y también, piensa, el lugar de nacimiento de ella – Mujer – Pandora, la primera. Fue obra de Hefesto, fruto de la traición – esculpida en y para el engaño – pues era la imagen, con curvas, del castigo. El dios la creó a ella, Mujer, porque él – Prometeo – robó el fuego, una llama que era menos un objeto / una sustancia – una cosa robada – que un medio para la transformación. La capacidad, piensa, de dominar la fuerza, de crear la cultura y el progreso – el arte y la historia – la civilización, controlada por el talento.

Kat nada. Reflexiona. La atrae la promesa de ese mito – la verdad que podría desvelar si lo controlara con la mente. Prosigue.

Muy bien, mi niña.

A Prometeo, piensa, no lo castigaba una mujer, sino una rapaz. Él, un macho, estaba atado a un peñasco, con los tobillos y las muñecas bien sujetos, el cuerpo desnudo para que cada noche la criatura – un águila – pudiera aterrizar – las garras raspando la roca y él, el macho – el ladrón – levantara la cabeza, agónico – consciente – y contemplara al magnífico animal hundir el pico, desgarrarle la carne y arrancarle los tendones. Gritaría de dolor y luego – sucumbiría – bajaría la cabeza, sometido al acto – a la carnicería.

Para él, piensa Kat, eso era el castigo; para la raza humana, sin embargo, el castigo era la Mujer / Pandora, creada por Hefesto según las órdenes del padre. Él, Hefesto, el marido de Afrodita / Amor – conocía la forma: los hombros curvados y la banda sinuosa de músculos (espalda) hasta el centro (sexo), lo inferior, hacia dentro y hacia arriba, hacia su redondeado vientre, cerca de la pelvis / el hueso, el paciente peso de sus pechos, el denso tacto de sus pezones, el cuello, el pulso – acelerado – y la boca: lo sabía.

Hefesto, el cojo, sabía lo que estaba haciendo.

Kat nada.

Y – una vez que hubo engatusado a esa mujer de arcilla y agua – aquí – la entregó, desnuda, a unas diosas que la vistieron de engaño: joyas y túnica y aroma de miel; voz y mirada y labios pintados – atracción – la bendijeron con esto: mujer.

Kat nada dentro de esta progresión líquida – Pandora-traición, fuego-Amor, Hefesto-robo, deseo-Guerra, Eros-bestia – nada y debe tomar una decisión |24|. Ella, la mujer – que caminaba arrastrando / deslizando los pies, que avanzaba por castigo / escarmiento – atormentaba al Hombre y lo instaba a abandonar su necesidad de cultura / de leyes – de artes / de herramientas – de sentido: controlado. Ella, Pandora, poseía un secreto. Ese secreto no podía formularse con palabras; lo guardaban los labios – un borde / un reborde húmedo que se hundía en el cuerpo / la posibilidad del deseo.

Kat nada.

Debo, piensa, dar un giro y adaptarme – la comodidad de las cifras – dieciséis años, treinta y seis kilos.

Dieciséis años, treinta y seis kilos.

Dieciséis años y ahí está, aferrada a la seguridad de las cifras / el cálculo, su férrea precisión / solidez, inequívoca. Tenía dieciséis años y pesaba treinta y seis kilos; bracea para completar el largo – para alcanzar la cifra / el objetivo – treinta y nueve / treinta y seis kilos – como si *treinta y seis* pudiera indicar la forma del vientre, la piel que le caía del esternón, pegada a la cresta de su espina dorsal, con las costillas separadas, temblando de miedo – o – su sangre, mansa, insípida, carente de los minerales que aportaran espesor, coagulación – o – su hambre, que no es necesidad muscular sino, más bien, pánico precipitándose por sus nervios, como ahora – *¡ahora!* – una especie de chillido procedente del conocimiento central / primitivo de que sus órganos están muriendo. Como si *treinta y seis* pudiera expresar algo.

Kat nada.

A los catorce años – la edad de su esbelta hija, que holgazanea alrededor de la piscina leyendo a la sombra de un árbol – a los catorce años comenzó *todo* (el trastorno); a los dieciséis años *todo* (el gesto) se invirtió – un puño y un dedo metidos en la garganta para arrancar de ella el trastorno – por la boca – abrasando el tierno tejido de su habla mientras ella se vaciaba. Eran / era (piensa) tan distintas en la superficie – aquellas acciones – como si – la superficie – fuera el corazón de la verdad.

Kat nada acercándose al final.

Ya está cansada; recuerda aquel momento – pasado – su agotamiento concreto – aquella fatiga líquida que se infiltraba hasta la sangre misma, de una densidad graduada por la premonición / la precognición del cambio, inminente. El comienzo lo notó aquel día. Tenía dieciséis años y pesaba treinta y seis kilos cuando subió los escalones – de dos en dos, como le había enseñado su padre – y llegó al pasillo.

Su visión era clara sólo en el centro – un punto que se ampliaba, a lo lejos, bañado por el juego de la luz – masas rosas y verdes, cegadoras, centelleantes, que formaban las paredes de un embudo, su superficie refulgente de neón sin fricción. Aquella vertiginosa absorción le era familiar: cada vez que se ponía en pie o se movía, notaba la misma ilusión sórdida – el desafío de permanecer erguida y en movimiento.

Qué asco.

Era incapaz de comprender lo que vio – allí – dentro de aquel túnel al subir las escaleras: un vestido que se mecía / flotaba en el aire, muy por encima del suelo |25|.

Se detuvo, respiró, esperó a que el vértigo, la náusea, se disipara / adquiriera sentido – para descubrir la verdad de aquella extraña visión. Respiró y tocó la pared; recobró el equilibrio y, ¡oh!, dijo – de verdad – ¡oh! Lo recuerda: la palabra pronunciada para sí misma, sola. La expresión de su toma de conciencia. El vestido, vio al fin, estaba colgado de una percha cuyo gancho se apoyaba en el marco de la puerta. La puerta, piensa, se había soltado – entreabierto – incapaz de encajarse en su marco por culpa de aquel obstáculo – la percha – cuyos brazos le daban al vestido la ilusión de una forma.

¿Estoy…?

El hombro apoyado en la pared del pasillo; la barbilla hundida – pesada – en el hueso de la clavícula. Seguía allí, agostada por la privación – la falta de comida y de sangre, el miedo a la corrupción – a ceder a las oleadas de apetito. Seguía allí contemplando aquel vestido largo que oscilaba en el aire.

¿Me traes la toalla?, le dijo su madre. Tenía la voz redonda, afilada por la humedad. Estaba en el cuarto de baño – al otro lado de la puerta – sumergida en aquella bañera de porcelana, preparándose para la fiesta que tenían aquella noche.

Se me ha olvidado la toalla… ¿Me traes una? Se movió, el agua le salpicaba, las gotas chocaban contra la pared de la bañera, contenidas.

Aguzó los oídos para escuchar el eco distorsionado del agua.

Se estaba muriendo.

Su propio cuerpo, su mandíbula interna, le estaba devorando los músculos.

Dieciséis años y treinta y seis kilos.

Sacó una toalla del armario.

Gracias, susurró su madre. Su respiración era un gemido – el sonido del placer, oral – la exuberancia de la distensión de sus cuerdas vocales.

Gracias…

Se detuvo junto al vestido de su madre. Miró la silueta que había dentro del agua, en reposo; vio los contornos – el cuerpo que se alzaba, suave, sobre aquel umbral líquido al ritmo de su respiración – el suave balanceo en el lento revuelo del agua. Miró a su madre y hundió los dedos en el vestido.

La tela le aspiró la mano – la levantó / absorbió – miró a su madre – la seda del vestido cual líquido derramándosele por la palma – tendió la mano y miró – y, en el interior de la prenda, el brazo alzado ahogándose en el forro, la boca húmeda – vio el vello de su madre, un matorral denso – una oscuridad que atraía – y ocultaba.

Gracias, murmuró.

Bracea curvando los brazos, con el pelo alisado por la velocidad. La piscina es cálida al rozar su cuerpo, el reborde de sus labios – el aliento se le escapa, redondo, de la boca: un murmullo.

Kat nada.

Todo empezó aquella noche en casa, sola. Duró ocho años, piensa – el atracón y la purga, ese atiborrarse liberador – aquel *todo* duró ocho años. Ocho, justo, hasta que su hija nació de su cuerpo

– sus células, injertadas; su alimento, compartido directamente a través de la sangre – su pulso – sus bocas, prístinas y puras.

Da una última brazada, abre los ojos y los labios, se agarra al borde de la piscina |26|.

SEGUNDO INTERLUDIO

—Perdona.

—¿Es a mí?

Aquiles se echa a reír.

—Sí, a ti. Tengo curiosidad por saber qué estás leyendo. Parece muy interesante.

—¡Pues sí! Es un libro de poemas. *My Life*. Mi vida. Bueno —se apresura a añadir—, no es mi vida. Es un libro de poemas que se llama *Mi vida*, de esta mujer…

Melina tropieza con las palabras. Se vuelve y fija la mirada en una mariposa que revolotea con brío sobre los remolinos que coronan una cascada.

—Entiendo —dice Aquiles.

Melina sonríe y se vuelve hacia él, agradecida.

Kat mira cómo coquetea su hija. El corazón se le contrae con una fuerza inmensa después de haber nadado veintiséis largos, la mitad de ellos cruzándose constantemente con el joven. Le mira el torso y recuerda las estatuas del Museo Arqueológico

Nacional de Atenas. Podría haber sido modelo de esas esculturas, salvo por la forma de sus pezones, que apuntan hacia abajo, como si fueran lágrimas. A los antiguos eso les habría parecido un defecto.

—¿Te está gustando? —pregunta Aquiles—. El libro, digo.

—¡Sí! Bueno… es muy sofisticado.

—Ajá, sofisticado… ¿Y Lutrá? ¿Te está gustando? No es tan sofisticado, creo. Pero sí muy bonito.

El agua se ha evaporado de la piel de Aquiles y ha dejado sobre ella un regusto mineral. Descubrió ese fenómeno de niño, al pasarse el antebrazo por los labios para limpiarse el jugo de un albaricoque. Ese regusto mineral, mezclado con el dulzor cálido de la fruta, le pareció un tanto siniestro. Después de aquello, a veces, de noche, le daba por lamerse el antebrazo.

—¿Tú también eres poeta?

—No, soy actriz.

A la propia Melina le sorprende su afirmación. Es verdad que hace teatro: aquella primavera había protagonizado *Antígona*; consiguió el papel incluso compitiendo con otras chicas mayores que ella de su misma escuela, orientada a las artes. La decisión levantó cierta controversia entre sus compañeros de clase y le supuso a Melina no pocas dificultades.

—Sí —repite—, soy actriz.

Aquiles asiente. Apoya la mano en el borde de la tumbona, junto al muslo de Melina. Le echa diecisiete años. Dieciséis o diecisiete; un cuerpo esbelto, de curvas firmes en las mejillas y los pechos. Imagina, con razón, que es virgen. De inmediato aparta esa idea de su pensamiento. Aquiles retira la mano de la tumbona para enjugarse los labios. Tiene diecinueve años; ha vuelto a casa para pasar el verano, lastrado por las expectativas familiares. Aún no le ha dicho a su padre que ha decidido estudiar Clásicas y especializarse en Pensamiento Político Clásico. Su padre quiere que sea banquero.

–Desde luego que la belleza para ser actriz la tienes.

A Melina se le escapa de golpe todo el aire y se queda con un doloroso vacío en el vientre.

–Todavía estoy estudiando. Vamos, que no soy profesional ni nada de eso…

–Pero lo serás –afirma Aquiles.

–¿Tú crees? ¿De verdad? ¿Que yo…?

Aquiles se echa a reír, compasivo.

–¡Qué!

–Nada, es que…

–Qué…

Melina cierra los ojos.

–Perdona –dice Aquiles agachándose para ponerse a la altura de su cara–. No me he presentado.

Me llamo Aquiles –dice a la vez que le tiende la mano.

Desde donde está, Kat ve ese primer momento de contacto: la sonrisa ofrecida, receptiva. Observa, ahora, las ondulaciones que forma su cuerpo, las olas que se expanden, surgiendo de ella, que se mueve y se sumerge para acometer el próximo largo.

ÚLTIMOS LARGOS

Kat nada curvando los brazos – tres brazadas y
una respiración, respira – la boca abierta con la
inspiración / el aire – y tres con la cabeza dentro,
en el agua, que se le resiste – y ahora ya lo sabe:
no puede detener esta progresión. Su decisión es
inevitable; sólo teme su llegada.

Kat nada.

Qué belleza, dijo. Estaban de pie frente a la
antigua diosa – una idea / una fuerza contenida
en una forma – un intento por parte del artista de
crear sensación, de comunicar sentido. El museo
estaba abarrotado.

¿Quién es?, preguntó su hija acariciándole el
brazo con la palma, sin darse cuenta. ¿Quién se
supone que es? Kat buscó la cartela, pero los griegos son perezosos con las señales / las palabras ex-
plicativas, concretas.

La diosa Afrodita…

Su hija se acercó. Dan ganas de tocarla, susurró.

Qué...

Se callaron, juntas, quietas.

¿Qué es lo que hace que te den ganas de tocarla? ¿Qué es lo que ves?

La cabeza de su hija se inclinó a la izquierda; el cuerpo adoptó una pose de contemplación.

No hay una respuesta correcta. Me pregunto solamente qué es lo que ves – qué es lo que percibes – al contemplarla.

Volvió a mirar – respetar / *specere*. La ropa, dijo.

El vestido era transparente – le caía formando ondas sobre el pecho y el vientre – abrazando los muslos y hundiéndose en la entrepierna. Estaba fascinada por la silueta – delicada pese a estar tallada en roca.

Explícamelo, le ordenó a su hija educándola como la habían educado a ella.

La manera en que la ropa le cubre el cuerpo – pero no... en realidad no...

¿Sería distinto, dijo, si la diosa estuviera desnuda?

Los labios de su hija amagaron una sonrisa – sólo para ella – el placer íntimo que le causaba aquello, su descubrimiento. No querría tocarla, dijo. El cuerpo se le relajó al hablar – los músculos se le ablandaron y se alejó delicadamente de todo pensamiento / toda racionalización.

No sentiría esa compulsión (secreta).

Muy bien, mi niña.

Qué belleza, dijo.

Kat nada.

Es una belleza.

Con el fino vestido de verano ondulando tras ella, se alejó y se perdió en la multitud que contemplaba torsos y miembros, el tejido transparente – espejismo / seducción – esas figuras femeninas modeladas para castigar – escarmentar – sumir en una pureza infame.

Perdón, dijo, y soltó una risita al chocarse con un hombre.

No worries, respondió él con un acento quizá londinense. Sólo estaba mirando…

La multitud fue llenando el espacio que las separaba; ya no alcanzaba a ver a su hija ni a captar sus palabras, concretas; sólo oía la risa – la claridad – elevándose sobre el estrépito de voces.

Estoy donde tengo que estar.

¿Todo bien?

Paseaba por la galería – sola – atraída por el friso de un león atacando a un ciervo. La mandíbula, clavada en el lomo – las zarpas, abriéndole surcos en la piel, agarrándolo; los músculos, protuberantes – un amo hambriento devorando a su presa, cuyos labios estaban abiertos. Miró el ciervo – ya no tenía el pescuezo tenso por la lucha; los ojos, abiertos sin ver. Suspiró y oyó el gemido

– el sonido de su toma de conciencia – supo que se lo estaban llevando.

Gracias...

Al salir del museo aquel día, piensa, pasamos por una hilera de lilas en flor |27|. Su fragancia, untuosa, le impregnaba la boca a cada respiración.

Me ha gustado muchísimo, mamá, dijo, y dio un salto – sólo uno – una niña, sangrante, de catorce años. Revoloteaba envuelta en su vestido – el tejido, fino, ondulándose cuando estiraba los brazos – como si fuera a cogerle la mano a su madre.

Ha tenido que sentir, piensa – *sentir*, de *sentire*, notar, de *sensus*, la capacidad de percibir. *Sentir*, reflexiona – braceando en el agua, su espesor rozándole la piel – es el límite / el tacto entre el yo y el mundo – la manera de absorber lo exterior – la sensación – y organizarla en conocimiento – sensible.

Ha tenido que sentir, piensa, el cambio en el hogar – su casa – una red de palabras – *sé lo que es esto* – frases oídas o vistas al azar, garabateadas, en esa intimidad bajo el poemario.

Lo siento.

«En su interior, la niña sueña que es la yema, oculta por una profusión de briznas.»

Es joven, está llegando al umbral – sangrando / herida por aquel gesto – su movimiento junto al límite / borde – *sublime*, dijo – el secreto que no tardará en heredar.

¡Quieta!

A la cuarta, respira; a la primera, nota una cadencia / un ritmo: abre los ojos en las tres primeras – bajo el agua – pero los cierra en la superficie.

Respira a la cuarta – con los ojos cerrados en la superficie – abiertos en el agua en las otras tres – nada, consciente.

Ve el agua atravesada por la luz – refractada por el prisma – la propia sustancia – que se eleva con ella – su gesto – su movimiento en esta materia – de una viscosidad insólita. Nada. Ahora decide probar otra cosa: abrirá los ojos en la superficie y los cerrará en el agua – abiertos a la cuarta y cerrados en las otras tres, toma esta decisión, discreta / determinada.

Escucha.

Las burbujas le salen de la boca produciendo un sonido sordo – en las tres primeras brazadas – y luego inspira – una respiración, con los ojos abiertos. Ahora ve las montañas de lado. Los árboles, horizontales – creciendo hacia el horizonte – buscando la columna del cielo. Nada y entra y quiere (otra vez) respirar en la superficie – el movimiento lateral – su interés científico. No esperaba este cambio – un mundo alterado por la inclinación de su mirada – su plano de percepción – su cuerpo en el líquido / nadando no erguida / de pie como era, piensa, la norma.

No estaremos mucho tiempo.

Kat nada, bracea, abre los ojos en la superficie y mira – respira – luego los cierra en las otras tres brazadas y piensa en la oscuridad, la sombra, el azul: los planos del eje se cruzan – las líneas de visión y los objetos sólidos interactúan en su juego de percepciones – sus labios, el reloj de él, el título (horizontal) en el lomo vertical, el rostro inclinado sobre las páginas.

Te voy a enseñar esta noche.

Ve las montañas y desde este ángulo de visión – extraño – las siente distintas / insólitas. Estas estructuras divinas – los Balcanes / Vulcano / Hefesto – no son sólidas / concretas, sino que, por el contrario, están animadas por el movimiento – devoradas al tiempo que devoran – consumiendo sin agotarse – sus grotescos desechos, tomados en su dulzor. Estas montañas, piensa, estremecidas por los arroyos y las raíces – crecientes / efluentes – depredadoras / presas que mastican el alimento – alegres / húmedas – las mandíbulas y los dedos chorreando.

Respira a la cuarta – en la superficie ve – las cuevas de las montañas – la negrura / la negación – el color absorbente de la pérdida donde la superficie se ha arañado y se ha vuelto interior / introducida – un lugar, piensa, de la boca.

¡No pasa nada!

Él le habló una vez de este lugar |28|. Sólo una vez, una historia. Una imagen de él, aquí, en Grecia – en este pueblo, en estas montañas – en esta agua en la que ahora está ella nadando. Estaban juntos en la cocina – él y ella y su hija, recién nacida, de sólo dos días. Estaba chillando – su niña – su boca, un cono, un espacio cóncavo que le amplificaba la voz, desesperada. La voz le envolvía el cuerpo, piensa, uniendo el interior con el exterior.

Esos gritos nunca cambian, dijo él, y sonrió, compasivo.

Madre mía, gimió ella, no me digas eso – por favor…

Piensa en su padre, que estaba arreglando la puerta del porche de atrás. Tenía las herramientas dispersas sobre la encimera de la cocina – tornillos y destornilladores, alicates, mazos, todos con una función / un objetivo concreto, más profundos para él que para ella, que no conocía la labor ni las herramientas – de qué manera encajaban. Vio que cogía un punzón; lo colocó, preciso, en el marco. Con una pausa rítmica, golpeó hasta que la madera se combó y adquirió la forma de una ola antes de romperse. Cuando la espiral estuvo completa, pasó el dedo por el surco que había quedado, en el que ahora el pestillo encajaba perfectamente.

Ella abrió la boca estirando los labios.

Recuerda que su marido le había prometido arreglar el pestillo «pronto»; cuando lo dijo, ella apenas estaba embarazada de cinco meses.

Él deslizó el dedo.

Sí que cambiará, dijo. Cambiará tan rápido que no sabrás cómo ha pasado.

Soplando en el agujero, esparció el serrín. Pero los gritos, continuó, los chillidos de los recién nacidos – eso no cambia. Todos gritan igual, dijo. Se puso de pie – recto / erguido – y la miró – su hija / madre – que lo sabía todo (íntimamente) sin explicárselo. Todavía no ha encontrado su propia voz, dijo él con ternura.

La niña chilló.

Piensa en la descarga que recibió su mente con aquel grito: se quedó paralizada – trastornada – una cuerda tensa chasqueó. Agarró el cráneo de su hija separando los dedos; apretó más fuerte aquella carne blanda, ahí, debajo de las orejas / junto al hueso. Haciendo un gesto rápido de presión / liberación, le embutió el pezón en la boca e hizo fuerza – hacia adentro – sujetándolo. Su hija se revolvió. Luchaba con todo su cuerpecito; a ella le dio igual. Le sostuvo el cráneo y ahogó su voz como un puño en la boca. El grito quedó engullido.

Jadeaba; respira.

Dame que la coja yo, dijo su padre, y se lavó las manos en el fregadero.

Kat oyó correr el agua.

Gracias…

Nunca cambia, dijo él meciéndose, rozándole el cuero cabelludo con la mejilla, respirándola.

Recuerdo los mismos gritos, dijo. Fue hace muchos años. En Grecia, prosiguió, cuando era niño |29|.

Kat notó en la lengua el sabor del polvo – una madera lijada, cálida sobre sus labios como si estuviera viva. Apretó la lengua – dentro – con los labios.

Los recuerdo con claridad. Me acuerdo de los gritos, pero aquello fue hace mucho tiempo…

Y luego le habló de las cuevas – aquí – esas cuevas que ella había vislumbrado al respirar a la cuarta brazada – con los ojos abiertos para ver.

Su padre siguió meciéndose, rítmico.

Al principio nos escondíamos de los nazis. Después, de otros… Los rebeldes, los griegos, el Gobierno, la guerrilla… No sé quién, pero unos hombres… siempre hombres… vinieron y tuvimos que dejar nuestras casas y escondernos en aquellas cuevas. Hizo una pausa. En Grecia. Algún día tendrías que ir a verlas, dijo meciéndose con los ojos cerrados. Claro que sí: las verás algún día, cuando estés lista…

Respira.

Pero había un bebé… Una niña de pecho que no dejaba de llorar. La arrulló y la meció y la arrulló

– con las piernas separadas, los ojos cerrados – los labios cubiertos de polvo de arce. Ella lo observaba mecerse mientras le refería su historia.

Aquélla fue la primera vez, dijo. Llegaban los nazis… Eso es lo único que sabíamos, así que nos fuimos… Huimos a las cuevas… Un pueblo entero subiendo una montaña… Subiendo y escondiéndose en una puñetera cueva.

Hacía frío, dijo. Y la oscuridad era absoluta… La recuerdo.

El frío, piensa Kat.

Su padre hizo una pausa. Besó el silencio – la calma de su nieta – su voz recorriéndole el pecho, una vibración para ella – la niña, ahora / todavía, callada, escuchando el relato, apaciguada por la narración.

Chis.

No paraba de llorar, dijo. Los oíamos gritar… mientras íbamos montaña arriba… Imagino que habría habido un ataque, dijo. Varios soldados acabaron muertos…, alemanes, a manos de los griegos… Y la niña no paraba de llorar. Aquella niña… Aquella niñita, aquel bebé… Lloraba muy fuerte.

¿Y qué pasó?

Pasó que después sólo se oía el agua… Una gota cada vez… cayendo del techo de la cueva. Un rumor constante, dijo, abrazando el cuerpo de un bebé. Fue… Se detuvo… Yo también habría gritado, dijo; habría gritado si no me hubiera puesto a contar aquellas gotas – una tras otra – conté miles… Miles, durante horas o días – quién sabe cuánto tiempo – lo único que hacía era contar.

Me daba miedo parar, dijo.

Respira a la cuarta. Respiró. Nada.

Se ha ido, piensa. De golpe – una apoplejía – una vena – explotó – y le inundó el cerebro de sangre. Mientras nada, piensa que él la quería, para él, en él – se ha ido – la quería como sujeto propio / por ella misma. Kat nada en esta acumulación de ruptura con él – su ritmo – nada, dentro.

Pasará muy deprisa, dijo él meciéndose. La besó con suavidad |30|.

Kat nada – ahora – con los ojos abiertos al sacar la cabeza del agua. Mueve las piernas y los brazos – golpea el agua con los brazos y los tobillos – golpea con los miembros – siente ese imperativo: la necesidad de tocarlo otra vez, ahora que se ha ido.

Piensa en aquella noche en que estaban en la cama – el día en que su padre le contó su historia – estaban en la cama los tres.

Piensa en cómo lloraba su hija – otra vez / todavía – y en que ella no sabía qué hacer. Miró a la niña, una extraña / otra, un bebé – el suyo – nacido pocos días antes, una niña de pecho, su boca, el grito – reclamando / invocando – y ella intentando responder (sin lograrlo).

¿Qué hago?, dijo en voz alta… ¿Qué debo hacer?

Su marido se levantó. ¿Te ayudo?, dijo, medio dormido. ¿Necesitas…?

No, cariño, contestó ella. No pasa nada… Duérmete…

Entonces lo tocó – el hombro y la espalda – estirando el brazo sobre el abismo en el que estaba acostada su hija. Duérmete… Le pasó el dedo por la piel – con ternura, piensa – en aquella época se trataban con ternura. Estaban llenos de esperanza – sostenidos por la historia, cíclica – eran madre / padre / hija – papeles definidos – *madre, padre* – ella los convirtió en aquello – ella, la niña a la que ellos habían creado – por ella eran una *familia*.

Tendría que irme a casa.

Él la quería – de forma exclusiva / exquisita – la quería.

Siempre le daba su risa / entrega – su saber y su generosidad – a ella, a su hija. Había entre ellos un intercambio auténtico de entusiasmo. Piensa que lo vio sin resentimiento: incluso cuando empezó a alejarse de ella, los veía / los respetaba a los dos, juntos, ofreciendo / intercambiando – una presencia.

¿Todo bien?

Qué belleza.

Duérmete, repitió Kat. Duérmete, cariño.

Lo tranquilizó – le acarició la piel – aunque aún estaba dolorida por el parto / el nacimiento – los líquidos acumulados hinchaban su silueta formando extrañas asimetrías. Del sexo le rezumaban coágulos de sangre, el vello enmarañado y pegajoso; los pechos le ardían, furiosamente congestionados; la leche, compactada en nódulos abultados bajo la piel; tenía los pezones resecos, salpicados de brillantes ampollas rojas, repletas de sangre, fruto de la capacidad de succión de su hija.

Lloraba – hambrienta – oliéndola a ella / el alimento – aún retenido.

Duérmete, dijo.

Levantó a su hija de la cama. Tenía sed, recuerda. Era, piensa, una necesidad imperiosa – necesidad de agua, un objetivo tan simple – una necesidad que la llevó a bajar las escaleras aferrando el bebé, temiendo caerse – aquel resonante llanto – la cueva-boca abriéndose, la lengua trémula – el grito en la oscuridad – pero estaba moviéndose.

Cree que estaba moviéndose.

Tengo que beber, pensó, como si el agua pudiera sanar.

Bebió a grandes tragos – el agua escurriéndosele de la boca, goteando sobre la cabeza de la niña, que se retorcía y chillaba, la boca como un agujero – sin dientes – únicamente lengua y embudo.

Esos gritos nunca cambian.

Tengo serpientes en el cuerpo, pensó |31|. Se miró los pechos – horribles – llenos de conductos como serpientes que hubieran engullido a su presa – entera – hinchados y vengativos, dentro de ella, sus duros pechos, serpientes abotagadas.

Madre mía…, gruñó.

La niña lloraba, hambrienta; él había contado las gotas; ella se había puesto el bebé en el pecho.

Madre mía…

Todo vino sin llegar.

Ahora – era líquida.

Debo tomar una decisión.

Cierra los ojos bajo el agua. Siente pánico – desorientación – de pronto carente de guías / puntos de referencia – sin ver más que una masa negra enjambrada. Kat nada en esta piscina – mineral / origen – nada a pesar del pánico – esa incapacidad de medir el avance – lógico / racional – una decisión, incontestable. Tiene los ojos cerrados. Respira a través del pánico, contenida; bracea a oscuras.

Muy bien, mi niña.

Piensa en que, tras la muerte de su padre, tuvo una recaída: volvió al ritual del atracón y la purga – rebelión / liberación a través de la comida (sólo) – sin lanzar / responder al reto de nadie – mediante el lenguaje / las palabras o los cuerpos / los músculos o las vidas / la historia que empujaban y moldeaban, que le pedían, exigían una respuesta / una interacción.

Se ha ido, piensa.

Se ha ido... Se ha ido... Estas palabras se repetían – una letanía – se ha ido... Su madre se lo contó por teléfono; su frase, como una burbuja saliéndole de los labios: se ha ido. Había omitido el sujeto – sólo enunció el predicado – expresó su húmedo lamento – su significado, directo / transmitido de inmediato. Cree que lo comprendió sin palabras: sintió todo el peso, la presión insistente – una constatación – se ha ido.

La recaída duró ocho semanas – ocho exactamente – desde la noche del funeral – hasta el día de la llamada de su hija.

Mamá..., oyó llorar a su hija, ovillada en el sofá con su madre, viuda, sumida en la confusión – las normas, despedazadas; su historia, hecha jirones.

Mamá..., lloraba.

Se detuvo y jadeó en el suelo del cuarto de baño – su incoherencia salpicándole las mejillas y el pecho, el cuello y los labios.

Mamá...

Estoy aquí, cariño, dijo. Estoy aquí.

Kat nada.

Aquel día lloraron las tres en el sofá. Formaban un mismo cuerpo, apiñado, compartían el dolor

– una verdad – las lágrimas y los miembros mojados, el líquido impregnando sus abrazos y gemidos – de mí para ella, nuestra necesidad líquida de entremezclarnos – de probar y tragar aquella sangre – directamente – nuestras voces manifiestas como una forma de saber no verbal.

Respira a la cuarta.

Aquella noche decidió volver a estudiar – una decisión que no era fruto de la lógica / la voluntad – del pensamiento racional – sino que se reveló a través del arco de su cuerpo – una toma de conciencia que se elevaba, dispuesta a emerger, propulsada por su ritmo: permitida.

Kat nada, bracea, respira a la cuarta. Ya es consciente del cambio: ha modificado la pauta, ha vuelto a la norma – los ojos abiertos bajo el agua y cerrados en la superficie – abiertos al sumergirse y cerrados al emerger. Abiertos.

Tus músculos abdominales están aquí.

Golpea el agua.

Tengo que exponer mi decisión.

Sabe que no ha alcanzado su objetivo – ese número, definido – pero el objetivo carece ya de significado. Cree que ya ha hecho el trabajo. Sólo queda abandonarse al placer |32|.

POSLUDIO

–Ponle un nombre –dice Aquiles.

Sostiene una mariposa en la palma de la mano; las alas aún están mojadas, lo que le impide echar a volar.

–¿Un nombre?

–*To ónoma*.

–¿*Tónoma*?

–No –dice él riéndose.

Ella se echa a reír también, y los hombros se le agitan al ritmo de la risa. Están pintados con una pincelada de pecas.

–*To ónoma* –pronuncia ella.

–Estupendo. Hablas estupendamente. *Orea*. Tienes que ser una actriz estupenda.

–*To ónoma* –repite a la perfección.

–Estupendo… *Orea*.

–*Orea*.

–Sí.

La mariposa empieza a batir las alas, que se le están secando bajo el sol. Son de un color delicado, desvaído, casi transparente. Melina no se habría fijado en su sutil belleza si la criatura no hubiera estado en la mano del joven.

—Tienes que darte prisa —dice Aquiles—. Echará a volar enseguida. Y, si no le pones nombre antes de que se vaya, no habrá existido nunca.

Melina se toma en serio la tarea.

—No sé qué nombre ponerle —responde mientras observa el batir de alas.

—Cierra los ojos. Cierra los ojos y ponle un nombre.

Melina aprieta fuerte los ojos.

—Vale… Pero… ¿cómo se llama en griego? —Le palpitan los párpados por el esfuerzo de tenerlos cerrados—. ¿Cómo se dice *mariposa*?

—*Mariposa* en griego se dice *petaluda*.

—*Petaluda.*

—Significa «pétalos al vuelo».

—*Petaluda* —repite ella—. Pétalos al vuelo.

—Deja los ojos cerrados.

Aquiles le toca los párpados con la punta del dedo. Ella no ríe.

Kat contempla la superficie de la piscina, que ha atravesado treinta y dos veces. Hunde el cuerpo y abre la boca; el agua entra en ella.

—Ponle un nombre.

Kat retiene el líquido debajo de la lengua para saborear los minerales. Intenta aflojar la garganta, pero los músculos se resisten.

—¡Tienes que darte prisa!

—Pero es que no…

—¡Corre!

—¡Oh!

Kat oye un grito ahogado de deleite y se vuelve para mirar: Melina está sentada al lado del joven, hombro con hombro. Contemplan juntos el vacilante aleteo de una mariposa. Kat percibe la pureza del asombro de Melina, esa alegría de sentir una posibilidad sin nombre. Observa a su hija y nota la abertura: los músculos relajándose, permisivos. El agua le baja por la garganta. Estira los brazos y nada.

Notas

El libro que lee Kat en su visita a la biblioteca en «Largos 1 a 13» es:

Julia Kristeva, *The Sense and Non-Sense of Revolt: The Powers and Limits of Psychoanalysis*, traducción al inglés de Jeanine Herman, Columbia University Press, 2000.

El libro que Kat le cita a su profesor en «Largos 1 a 13» es:

Jacques Lacan, *The Four Fundamental Concepts of Psychoanalysis*, traducción al inglés de Jacques-Alain Miller, W. W. Norton, 1978. [Traducción al español de Juan Luis Delmont Mauri y Julieta Sucre, *El seminario. Libro 11: Los cuatro conceptos fundamentales del psicoanálisis*, Buenos Aires-Barcelona-México, Paidós, 1987.]

El libro que el profesor le cita a Kat en «Largos 1 a 13» es:

Julia Kristeva, *Desire in Language*, traducción al inglés de Leon S. Roudiez, Columbia University Press, 1980.

El poemario que lee Kat en «Largos 1 a 13» es:

Laynie Browne, *The Scented Fox*, Wave Books, 2007.

El poemario que lee Melina durante los interlu-
dios es:

Lyn Hejinian, *My Life*, Green Integer, 2002.

Agradecimientos

Las palabras no alcanzan para expresar la gratitud que siento hacia mi familia: Fran y Jim Apostolides, Athanasia y Romeo Walters, George Apostolides y Colleen Roney, Lucy Grigoriadis, Sophia Grigoriadis y John White. Sois para mí fuente de equilibrio, de consuelo y de alegría.

Quisiera darles las gracias a los propietarios, el personal y los clientes de la cafetería Alternative Grounds, de Toronto, donde fluye la creatividad entre el caos. Gracias también al Toronto Arts Council, cuyo apoyo económico me permitió llevar pan a casa mientras trabajaba en este libro.

El más caluroso de los abrazos a toda la gente de Book*hug, de los lectores a los autores, pasando por los editores. Sois la razón de que esto exista. Hay unas cuantas personas a las que debo nombrar explícitamente: Martha Baillie y Mark Truscott, cuya opinión desde el principio y apoyo constante fueron (y son) esenciales; Stuart Ross, cuya generosidad sólo halla parangón en su talento; Jenny Sampirisi, una editora que volcó en este libro su inteligencia y comprensión, y con quien me siento muy honrada de haber trabajado; y Jay MillAr, a quien no le asusta el riesgo. Por último, gracias a Keva, que me hizo recordar.

ÍNDICE